D0048663

www.loqueleo.com

Los pájaros no tienen fronteras. Leyendas y mitos de América Latina

© Del texto: 2012, Edna Iturralde
© De las ilustraciones: 2012, Andrezzinho
© De esta edición:
 2016, Distribuidora y Editora Richmond S.A.
 Carrera 11 A # 98-50, oficina 501
 Teléfono (571) 7057777
 Bogotá – Colombia
 www.loqueleo.com

• Ediciones Santillana S.A.
Av. Leandro N. Alem 720 (1001), Buenos Aires
• Editorial Santillana, S.A. de C.V.
Avenida Río Mixcoac 272, Colonia Acacias,
Delegación Benito Juárez, CP 03240,
Distrito Federal, México.
• Santillana Infantil y Juvenil, S.L.
Avenida de Los Artesanos, 6. CP 28760, Tres Cantos, Madrid

ISBN: 978-958-9002-76-6
Impreso por Asociación Editorial Buena Semilla

Primera edición en Alfaguara Infantil Colombia: diciembre de 2012
Primera edición en Loqueleo Colombia: octubre de 2016

Dirección de Arte:
José Crespo y Rosa Marín
Proyecto gráfico:
Marisol del Burgo, Rubén Chumillas y Julia Ortega

Los pájaros no tienen fronteras

Leyendas y mitos de América Latina

Edna Iturralde

loqueleo

A mis siete nietos: Chaz, Tacéo, Kilian, Adriaan,
Thomas, Wolter y Leonie. Y a todos los otros que
vendrán y ya los espero con mucha ilusión. También
a los niños y niñas de América Latina para que
conozcan el ingenio y los orígenes de nuestros pueblos.

Con amor,
Edna Iturralde

La leyenda del domingo siete
(ARGENTINA)

Pues dizque en el pequeño pueblo de Cachirulo, en la provincia de La Pampa, vivían dos gauchos, Manuel García y Juan Martínez, fanáticos por el juego de la taba, un hueso extraído de la pierna de la res. A diferencia de los dados que tienen seis lados, la taba tiene dos: el lado liso que pierde y el lado cóncavo que gana. Una noche en que la suerte se inclinó por Martínez, García se estaba retirando decepcionado de la pista de suelo apisonado y cercado por tablas, cuando Martínez, seguro de que aquella noche la suerte estaba de su lado, lo desafió.

—¿Así que tenés miedo, y te vas con el rabo entre las piernas, no?

—He perdido todo —contestó García alzándose de hombros.

—Pero tenés tu rancho y tus caballos —Martínez lanzó las palabras como si fueran cuchillos.

Los otros gauchos se opusieron. Nunca habían apostado de modo que un hombre pudiera quedarse sin techo. Pero García aceptó el desafío.

Apuntó el área delimitada donde la taba debía caer, la lanzó y esta cayó fuera mostrando el lado liso. Había perdido la apuesta.

—¡Qué lástima, che! Pero... por amistad te daré tres días para que consigás en dinero lo que cuesta el rancho. Me pagás y quedamos en paz —dijo Martínez aparentando una lástima que no sentía, puesto que en el fondo estaba satisfecho de haber ganado.

—¿Tres días? Sos un demente indeseable —protestó García y, ciego de ira, trató de sacar su cuchillo conocido como alfajor, pero los amigos se lo impidieron.

—Tratá, García. Tratá. No hay peor cosa que no tratar —le aconsejó un viejo gaucho dándole palmaditas en la espalda.

Los otros dijeron cosas parecidas sin saber qué más expresar ante tamaña situación. Las apuestas en el juego eran sagradas, si se aceptaban, y el que ganaba, ganaba y el que perdía, perdía; así de simple.

Como era de esperarse, cuando regresó al rancho y contó lo ocurrido a su mujer, ella lo mandó a ensillar otra vez su caballo alazán y lo envió directito a Santa Rosa, la capital de la provincia de La Pampa.

—Me parece imposible que consigás en tres días lo que nos ha tomado años lograrlo —la mujer meneó la cabeza con indignación—. Buscá en la ciudad y no volvás con las manos vacías... querido.

Y ese "querido" sonó tan terminante como una de las trompetas del juicio final.

Entonces, García se puso otra vez el poncho rojo, el sombrero de cuero llamado *panza de burro* y emprendió el viaje aquella noche tan oscura como la tristeza que le recorría desde la cabeza hasta las botas de potro.

Galopa, galopa y galopa se fue alejando su figura de la casita de adobe. Pasó dos horas y en la lejanía vio una luz pequeñita que brillaba.

—Mirá, Canelo, otro rancho. Allá descansaremos un momento —le habló a su caballo.

Cuando llegaron, la puerta de la casa estaba abierta meciéndose al viento que se había levantado. García desmontó y entró saludando. En una mesa vio el candil que brillaba. Como nadie contestó sus saludos, el hombre sintió un escalofrío, aunque se dijo para sí mismo que era un gaucho y los gauchos no son miedosos pero sí precavidos y bastante curiosos, así que amarró su caballo en la parte trasera de la vivienda antes de regresar a investigar.

El fogón estaba casi apagado. García se puso de rodillas para soplar en las brasas cuando escuchó cascos de caballos y voces de hombres y mujeres.

De un salto se subió a la mesa, de allí a una viga del techo, donde se acostó para que no lo descubrieran.

La gente entró riendo y metiendo bulla. En pocos segundos la luz del fogón iluminó la estancia. Unos pusieron a hervir el agua para preparar el mate; otros sacaron botellas de vino en medio de risas y bromas.

García tragó el susto y decidió que esperaría el momento oportuno para darse a conocer antes de partir en su caballo.

Tres guitarras se pusieron de acuerdo y las voces se unieron en una canción:

Lunes y martes,
y miércoles tres,
jueves y viernes,
y sábado seis...

Algunas parejas salieron a bailar y los músicos continuaron siempre con el mismo estribillo que terminaba igual sin cambiar ni de letra ni de melodía.

Esto se repitió durante una hora. Al parecer, esta repetición no molestaba a la gente, que cantaba y bailaba con mucho entusiasmo, pero García, entumecido y en el colmo del aburrimiento, no pudo más al llegar la canción a "y sábado seis...", y gritó desde su escondite:

—¡Con cuatro semanas se ajusta el mes!

Los guitarristas reaccionaron primero.

—Gracias, amigo. Hacía años que buscábamos completar la estrofa —explicó el más alto de ellos, quien tenía una gran barba negra que caía encima de su pecho.

—Bajá, bajá, que tenemos algo para vos en agradecimiento por tu ayuda —dijo el segundo guitarrista, señalando un fardo apoyado contra la pared.

El tercero repitió exactamente lo mismo, quizás por costumbre de corear las frases.

García se bajó de la viga saltando encima de la mesa. Tac, tac, sonaron las suelas de sus botas y en ese instante la gente desapareció. El gaucho quedó solo en la habitación iluminada por las llamas del fogón. Se aproximó al fardo, lo abrió y su sorpresa fue un sorpresón: ¡estaba lleno de oro en polvo!

Fue a buscar al caballo preguntándose cómo haría para llevar tremendo peso en su montura. La respuesta la tuvo al ver que una carreta estaba amarrada al caballo.

—¡Me hicieron el favor completo! —expresó García con satisfacción.

En el camino de regreso, el gaucho fue a tanta velocidad que los zorzales dejaron de trinar asustados por el zumbido de los ejes de la carreta.

García llegó a su rancho, justo cuando la noche huía ante los certeros rayos del sol que lo alcanzaron a pesar de esconderse en las ramas de los ombú, los árboles de la pampa.

Una vez contada la aventura y enseñado el oro a su mujer, García la envió donde Martínez a preguntar que cuánto estimaba que era su deuda si la pesaba en oro en polvo, ya que así se la pagaría.

La mujer regresó con la noticia. Después de reír a carcajadas, Martínez había mandado a decir que pedía diez libras de oro en polvo y que con eso se sentiría satisfecho y la deuda quedaría saldada.

García y su mujer pesaron el oro y él lo llevó personalmente a Martínez.

—Pero... pero, decime, ¿de dónde lo has sacado? —se asombró el gaucho—. Contame, que para algo somos amigos, ¿no? —pidió frotándose las manos.

García se lo contó y, ni bien terminó, vio que Martínez ya se alejaba en su caballo siguiendo la dirección indicada. Galopa, galopa, galopa y al anochecer llegó al mismo rancho descrito por García, y guiado por el candil prendido. El viento golpeaba la puerta abierta. Martínez se subió en la mesa, de allí a la viga y se acostó para que no lo descubrieran. Escuchó ruido de cascos de caballos y voces de hombres y mujeres que entraban. Los guitarristas afinaron sus instrumentos.

—Vamos, vamos, pronto... —se susurró a sí mismo Martínez, quien ya tenía planeado en detalle lo que haría con tanta riqueza.

Y tal cual relató García, la gente empezó a cantar:

Lunes y martes,
y miércoles tres,
jueves y viernes,
y sábado seis
con cuatro semanas
se ajusta un mes.

No bien terminaron de cantar, Martínez saltó a la mesa gritando:

—¡Les falta el domingo siete! —y, contoneándose, esperó recibir el premio por su ayuda en completar la canción.

Sin embargo, lo que recibió fue puñetazos de los furiosos hombres y arañazos de las enardecidas mujeres.

A duras penas, Martínez pudo escapar con vida del rancho y, como fue a quejarse a gritos donde García, todos los gauchos de Cachirulo se enteraron de su desafortunada aventura. Desde aquel momento quedó el famoso dicho que se utiliza cuando alguien "mete la pata" o dice algo inapropiado:

—¡Ya salió con un domingo siete!

Y... ¡Sanseacabó!

El mito de la hierba mate
(ARGENTINA)

Cuentan los abuelos que hace mucho tiempo, cuando la Luna era recién una jovencita denominada Yací en lengua guaraní, bajó a pasear por la selva acompañada de su mejor amiga, una nubecita regordeta llamada Araí.

Una vez en la Tierra, Yací, la Luna, y Araí, la nube, se transformaron en unas bellas muchachas. Las dos escogieron tener cabellos largos (como estaba de moda entre las humanas). Yací, harta del plateado, optó por el color dorado y Araí, por un tono negro, profundo y brillante.

Cubiertas con mantos de hojas, comenzaron a caminar por la selva.

Conversa, conversa y conversa, fueron por allí admirando todo: el color de las mariposas, el trinar de los pájaros, los monos tan graciosos y, bla, bla, bla, compitieron con las cotorras.

Tan distraídas estaban que no notaron que una sombra las acosaba relamiéndose los bigotes...

bueno, la sombra no, pero quien la proyectaba: un enorme y hambriento yaguareté, el jaguar.

Cuando ellas se detuvieron para hacer coronas de flores, el yaguareté también se detuvo a pocos pasos, y no precisamente interesado en decorarse la cabeza con flores sino de embutirse a las dos jovencitas en la panza.

Yací y Araí rieron al probarse las coronas sin la menor idea de que corrían un peligro de muerte, ya que, una vez transformadas en humanas, eran vulnerables como cualquier mortal.

Afortunadamente, otros ojos también tenían la mirada en aquella escena. Eran negros y astutos.

Pertenecían a un rostro arrugado que a la vez era parte de una cabeza gris asentada encima del cuerpo de un cazador guaraní.

Detrás de Yací y Araí, el yaguareté inclinó las patas traseras y saltó formando un arco en el aire. Al mismo tiempo sonó un zummmm y se escuchó un quejido.

—¿Escuchaste? —preguntó Yací mirando a su alrededor.

—Sí. Los mosquitos son enormes en esta selva —contestó Araí, quien se las daba de conocer la Tierra mejor que su amiga Yací.

—¿Y el quejido? —se intrigó Yací.

—Mmmm. Seguramente pisamos a una hormiga —explicó Araí.

Yací dijo que ella no quería hacerle daño a nadie, ni a una hormiga, y que quizás era tiempo de regresar al firmamento. Justo en ese momento, el yaguareté, que había caído entre la maleza herido por una flecha, recuperó fuerzas y se abalanzó encima de ellas.

De pronto, otra vez sonó aquel zummmm y otra flecha no permitió que el jaguar lograra sus intenciones.

El cazador se aproximó al lugar todavía sosteniendo el arco. Podía jurar que esas dos muchachas habían estado a punto de ser atacadas por el yaguareté que yacía a sus pies. Buscó entre la maleza sin encontrar rastro de ellas, ni la más pequeña huella.

—Qué se va a hacer. Son misterios de la selva —dijo cargando al animal para llevarlo al caserío.

Esa noche el cazador vio a las muchachas durante un sueño.

—Venimos a agradecerte —dijo la de largos cabellos dorados.

—Por salvarnos la vida —repitió la de largos cabellos negros.

—¿Dónde se ocultaron pues no las encontré? —se interesó el cazador.

Ellas señalaron al firmamento. Yací explicó que ella era la Luna y Araí, una nube.

A continuación, Yací le regaló una planta pequeña y la sembró junto a la puerta de la cabaña del viejo cazador.

—Se llama *caá* y desde ahora simbolizará la amistad —explicó Yací—. Para mañana habrá crecido. Entonces, cosechá las hojas, tostalas, molelas y ponelas en un cuenco con agua muy caliente. Esta bebida podés compartirla con tus amigos —añadió antes de despedirse.

Al despertar, el cazador encontró que aquella planta había crecido. Siguiendo las instrucciones de

Yací, la diosa Luna, cosechó las hojas, las tostó y las molió en un mate que llenó con agua muy caliente. Luego, invitó a todos los del caserío a compartir aquella bebida.

De esta manera nació la costumbre de beber mate.

Y... ¡Sanseacabó!

La leyenda del Ekeko
(BOLIVIA)

Pues dizque hace cuatrocientos noventa y nueve años con cuatro meses y un día vivía en el altiplano boliviano un hombre aimara, quien gustaba de las fiestas. Era generoso a manos llenas, emanaba tranquilidad y armonía, y siempre estaba alegre porque había decidido que a la tristeza no le permitiría acercársele. Es decir, era un sabio. Se llamaba Ikiku.

Ikiku tenía una extensa familia que, por supuesto, era muy feliz. Incluso a sus animales se los veía contentos y, si hubieran podido sonreír, ahí habrían ido vicuñas y llamas mostrando los dientes y lanzando carcajadas.

Al sentir que su muerte se acercaba, abrazó a su mujer, a sus hijos e hijas y dejó para cada uno un regalo que sería de su agrado. No eran los únicos regalos que la familia había recibido de Ikiku. Durante toda su vida complació sus deseos: cada que alguno de ellos sugería querer algo, ¡zas!, él se los concedía.

La familia lloró su muerte a raudales. Las llamitas y vicuñas, al no poder derramar lágrimas, lanzaron tremendos escupitajos hasta humedecer la tierra.

Entonces, al más pequeño de los hijos se le ocurrió moldear con barro una figura para recordar a Ikiku.

—Es la imagen de nuestro padre —dijo al resto de la familia, y mostró un muñeco con los brazos extendidos y la boca abierta en una sonrisa que enseñaba los dientes.

Esto causó gran alegría a todos. Aquella escultura, a pesar de ser tosca, simbolizaba al ser que tanto habían querido y admirado; además, en cierta forma llenaba el vacío que había dejado.

La madre situó la escultura en un orificio en la pared, cerca del fogón, para que no pasara frío. No contenta con eso, le tejió un pequeño chullo, un gorrito con orejeras, de alegres colores.

Una de las hijas hizo una choza de barro. Pasó una hebra de lana y se la colgó a la espalda de la figura.

—Como recuerdo de cuando nos ayudó a construir nuestro hogar —dijo mirando a su marido, quien asintió con la cabeza.

Otro hijo formó una llama de lana y, tal como su hermana, la colgó de uno de los brazos de la figura.

—Como recuerdo de las llamas que me regaló para tener mi propio rebaño —dijo mirando a su mujer, quien también estuvo de acuerdo.

Uno a uno, todos los hijos e hijas fueron haciendo pequeños objetos que les recordaban la generosidad de su padre y los colgaron de la estatuilla. De tal manera que se fue llenando de pondos, alforjas y ropa.

Resulta que cuando una vecina fue a visitarlos y vio la figura de Ikiku así adornada, pensó que el alma del difunto estaba dentro y seguiría siendo tan generoso como fue en vida. Entonces, ella también hizo un muñeco de barro cocido al que llamó Ikiku y lo cargó con todos los objetos en miniatura que se necesita para vivir bien: casa, comida, ropa, animalitos y pondos de chicha para las fiestas.

Cuando otra vecina fue a visitar a la primera, no pudo dejar de mirar la estatuilla.

—Qué curioso —se sorprendió—. En la casa del finado Ikiku también hay otra igualita.

La primera vecina no tuvo más remedio que contarle su proceso mental y su conclusión: habiendo sido Ikiku tan generoso en vida, también podría serlo de muerto, siempre y cuando se lo recordaran.

—Y si se lo piden —añadió la segunda vecina, y corrió a hacer su propio Ikiku.

Dentro de poco, el caserío entero tenía un Ikiku al que pedían deseos por medio de objetos pequeños que representaban lo que anhelaban. Los llamaron *alasitas*, que en idioma aimara significa "proporciónamelo".

Desde allí, la figura de Ikiku partió a muchos otros lugares del altiplano, y la creencia de sus poderes se extendió por todas partes. Empezaron a celebrar su fiesta durante el solsticio de verano en el hemisferio sur. Llegó a ser considerado el dios de la abundancia y de la alegría. No obstante, con la llegada de los españoles, la alegría se fue apagando. El Ikiku fue perseguido y casi desapareció cuando prohibieron que se celebrara su fiesta.

Estando así las cosas, tuvo lugar esta conversación entre dos sacerdotes:

—Es imposible continuar con la prohibición de la fiesta del tal Ekeko —dijo uno refiriéndose a Ikiku, quien, a pesar del cambio de la fonética de su nombre, era el mismo personaje.

—Pues, ¿qué te parece si lo unimos con la fiesta de la Virgen de la Paz, el 24 de enero? —sugirió el otro.

—Me parece muy buena idea. Además, la fecha cae casi durante el solsticio. Y la verdad sea dicha, aunque haya abundancia, sin paz no sirve de nada —sostuvo el primero.

De esta manera quedó establecida la famosa fiesta del Ekeko y se mantuvo la tradición de tener en la casa a esta estatuilla que cumple todos los deseos si se los pide por medio de las *alasitas*.

Y... ¡Sanseacabó!

El mito de Ñucu, el gusano
(BOLIVIA)

Cuentan los abuelos que la Tierra fue creada por cua- tro dioses hermanos: Tsun, Dojity, Micha y la diosa Dovo'se, y que ellos encargaron el cuidado de la naturaleza a los espíritus llamados los Señores de los Cerros, y el cuidado de los animales a Jajabá, otro espíritu.

Los cuatro dioses estaban a punto de irse de vuelta al mundo misterioso de donde vinieron, cuando a Dojity, el segundo hermano, le asaltó el pensamiento de que faltaba algo para completar su obra.

—¿Qué puede ser? —se preocupó Dojity.

—Faltan seres humanos —aseguró Dovo'se y con un soplo creó a los chimanes.

Una vez que los dioses desaparecieron, Jajabá, los Señores de los Cerros y los chimanes escucharon un ruido tremendo: pututum, crash, pum, pam.

El problema era que los dioses habían creado el cielo muy bajo, tanto que se chocaba contra la Tierra.

Llamaron a los dioses creadores, pero ellos no volvieron.

Al ver que no podían hacer nada al respecto, los chimanes decidieron vivir de la mejor manera: construyeron sus viviendas, sin olvidar la *shipa* del chamán, puesto que no faltó uno quien se interesó en serlo, y se dedicaron a la caza, a la pesca y a la labranza.

Corrió el tiempo con la rapidez de las aguas del río. Cielo y Tierra se chocaron infinidad de veces causando pánico sin que esto evitara que el pueblo chimane creciera y formara muchos caseríos. En uno de ellos, vivía una vieja muy pobre que lo que más había anhelado en su vida era ser madre.

—Si tuviera un hijo o una hija, me haría compañía. Me ayudaría a sembrar o iría de cacería o de pesca, pues me hace falta comida, y no andaría pidiendo sobras a los vecinos —se quejaba la vieja sobándose la rabadilla que le dolía durante la luna llena.

Esa noche, el dolor la molestó tanto que salió a recoger hierbas medicinales. De pronto, vio un brillo entre la vegetación. Al separar las hojas, se encontró con un par de ojos negros de mirada dulce.

—¡Un bebé celestial! —dijo feliz pensando que la Luna le mandaba aquel regalo que ella tanto deseaba.

Al recogerlo cayó en cuenta de que era un... ¡gusano! Un gusano luminoso del tamaño de un bebé. A pesar de eso, la anciana se sintió muy feliz. Gusano o no, era una criatura viviente. Así que lo introdujo en el cántaro y lo llevó a la casa.

—Te llamaré Ñucu, y te cuidaré como a un hijo —dijo con cariño.

Ñucu aprendió a hablar y empezó a crecer. Como a la semana ya no cabía en aquel pondo, así que la anciana elaboró otro todavía más grande para que su hijo estuviera cómodo.

—Madre, tengo hambre —era la frase favorita de Ñucu, y comía, comía y comía las hojas de yuca que la anciana recogía de los *chacos* de los vecinos.

Al cabo de tres semanas necesitó un pondo todavía más grande. La anciana volvió a elaborar otro para que Ñucu estuviera cómodo.

Pasaron tres semanas más.

—Madre, tengo hambre y este pondo está muy pequeño —se quejó Ñucu.

La anciana, que hacía rato había desistido de continuar elaborando pondos porque no tenía un horno tan grande donde cocerlos, lo miró con admiración. Ñucu estaba tan grande que su cuerpo daba dos vueltas dentro de la casa.

—¿Y si fueras a pescar, hijo? —sugirió, al razonar, con mucho sentido común, que los peces se sienten atraídos a los gusanos y uno de aquel tamaño, y además luminoso, podría tener mucho éxito.

Ñucu esperó que anocheciera. Se arrastró hasta el río con sigilo para que los vecinos no lo descubrieran. Una vez allí se acostó a lo ancho de la corriente, de tal manera que formó una represa. Cuando los peces se acercaron atraídos por su luz, Ñucu aprovechó para chapotear y lanzarlos volando fuera del agua.

—Madre, madre, trae tus canastos —pidió Ñucu al regresar a la casa, y, junto con la anciana, fueron a recoger los peces que saltaban en la orilla.

Los vecinos se sorprendieron al ver que la anciana ya no pedía sobras de comida y más bien había aumentado de peso.

—¿Qué comes, abuela? —preguntaron curiosos.

—Pez que a la orilla vuela —confesó ella sin que esto fuera mentira.

Como la anciana lanzaba los pescados sobrantes en el bosque para que no descubrieran a Ñucu, empezaron a escasear en el río.

Jajabá se le apareció en sueños a la anciana para reclamar que no desperdiciara los peces y más bien que los compartiera.

La anciana reunió a los vecinos, explicó la existencia de su portentoso hijo y la forma como conseguía pescado. Luego, abrió la puerta de su casa y Ñucu salió con mucha dificultad puesto que la cabaña ya le quedaba pequeña. Los pobladores, junto con el chamán, lo siguieron asombrados al río, y aquella noche ellos también agarraron muchos peces.

Todo indicaba que la vida seguiría apacible, con abundante comida, ayudados por un ser tan simpático y dulce como Ñucu, a pesar de su gigantesco tamaño. Sin embargo, un atardecer volvieron a escuchar los conocidos ruidos: pututum, crash, pum, pam. ¡El cielo se chocó contra las montañas! Los chimanes gritaron aterrados y corrieron a esconderse.

En aquel momento, Ñucu concibió un plan para evitar que aquel desastre continuara sucediendo.

—Madre, debo marcharme, pero no pasarás hambre porque les pediré a todos los vecinos que te cuiden.

La anciana empezó a llorar y a quejarse que ya no vería más a su hijo.

—No te preocupes. Podrás verme por la noche y yo a ti —Ñucu susurró misteriosamente.

Ñucu fue a visitar a los Señores de los Cerros. Pidió permiso para subir por el más alto. Los espíritus aceptaron y el gusano subió, subió y subió. Luego, se estiró por el firmamento y sostuvo la bóveda celeste para que no volviera a chocar contra la Tierra.

La anciana intranquila se preguntaba por dónde estaría su hijo, hasta que una noche escuchó su voz.

—Madre, madre, estoy aquí —la llamó Ñucu desde lo alto.

Su voz sonaba feliz. La anciana alzó la mirada. Allí estaba Ñucu, brillando contra el oscuro cielo al que sostenía. Se había convertido en la gran constelación formada por muchas estrellas que ahora se la conoce como la Vía Láctea. Así fue cómo el cielo dejó de chocarse contra el firmamento.

Y... ¡Sanseacabó!

La leyenda del Caboclo de Agua
(BRASIL)

Pues dizque existe en el noroeste del Brasil, en las profundidades del río San Francisco, un ser fabuloso llamado Caboclo de Agua, o sea, caballo de agua en español, y que habita en una cueva de oro puro. Cuentan que a veces se transforma en diferentes animales, aunque prefiere la apariencia de un caballo. De allí el nombre. También se lo ha visto en forma humana; algunos lo describen de estatura mediana, otros, muy alto, de cuerpo musculoso, fuerte y piel de un bronceado oscuro. Sin embargo, todos están de acuerdo en que tiene un solo ojo en la frente.

El Caboclo de Agua es muy particular: si algún pescador le simpatiza, lo ayuda con la pesca; de lo contrario, no solo ahuyenta a los peces para que no se acerquen a su embarcación, sino que causa remolinos en las aguas hasta hacerlo zozobrar.

Los pescadores le temen, y con razón. Por lo tanto, pintan en el fondo de sus embarcaciones una estrella o colocan un puñal, para mantenerlo alejado.

También tallan unas figuras terroríficas en la proa del barco, a las que llaman *carrancas*.

Una mañana, Thianginho, muchacho esbelto, moreno y de ojos donde brillaba el sol a pesar de que el cielo estuviera nublado, se encontraba tallando una *carranca* mientras silbaba un ritmo de samba.

Thianginho era hijo, nieto, bisnieto y tataranieto de pescadores. Como es de suponerse, él también era pescador, y un pescador apasionado. No obstante, desde hacía un par de meses su pasión se dividía entre la pesca y una muchacha guapísima que se llamaba Luciana, que tenía los labios más sabrosos... bueno, la sonrisa más hermosa que Thianginho había probado, digo, visto en toda su vida.

Por desgracia, Luciana no venía sola; la acompañaba un problema. Su papá era el hombre más rico del pueblo y no aceptaba que ella tuviera amores con el más pobre. Thianginho no era vago, ya que le gustaba trabajar, pero tenía deudas. A la muerte de su papá, la mamá enfermó gravemente y todo lo que tenían (casa, terreno y embarcaciones) debió venderlo para pagar los gastos del médico, del hospital y del entierro. Trilogía que muchas veces se presenta en este orden.

Lo único que le quedaba era aquella vieja embarcación que reparó con el último dinero que poseía. Claro que, antes de salir de pesca, debía tomar medidas para no tener problemas con el Caboclo de Agua, razón por la cual se encontraba tallando la *carranca*.

Esa mañana, Luciana fue a verlo. Al escuchar su voz que lo llamaba, el corazón le hizo putunputunputun cada vez más rápido.

Se tomaron de las manos y se miraron suspirando. No podían hacer más puesto que los chismes corrían por el pueblo más rápido que un conejo con patines.

—¿Qué estás haciendo, Thianginho? —se interesó la muchacha con voz cantarina y, como habló en portugués del Brasil, sonó todavía más a canción.

Él le mostró la escultura de una monstruosa mujer con un solo ojo, nariz ganchuda y boca abierta enseñando enormes dientes puntiagudos. El cuello era delicado, aunque descansaba encima de un pecho que hubiera sido la envidia de cualquier gallina de doble pechuga.

—¡Vaya, que es muy fea y tiene un solo ojo! En eso se parece al Caboclo de Agua.

Luciana la miró con aprensión.

Thianginho estuvo de acuerdo y dijo que la había tallado a propósito así de horrible, como el monstruo del río. Pensaba que de esa manera le daría una lección. Sería como verse en un espejo.

—Pero... tallaste a una mujer y no a un hombre —razonó Luciana.

—Es que estaba pensando en ti —dijo Thianginho ruborizándose.

A esta explicación, ella se dio media vuelta y se marchó furiosa seguida de cerca por el muchacho que trataba de explicarle que no era por el parecido, sino simplemente porque tenía en la cabeza metida la imagen de una mujer y que era ella. Con esto, Thianginho arruinó aún más la situación.

Otra vez solo, se sintió un tonto de capirote. Un idiota. Tendría que disculparse con Luciana cuando ella le diera otra oportunidad. Continuó tallando la *carranca* hasta terminarla. La estrella ya estaba pintada en el fondo de la embarcación y no le quedaba más por hacer que recoger sus redes y hacerse a las aguas del río.

Ahora más que nunca quería regresar con mucha pesca, venderla a buen precio y demostrarle al padre de Luciana que él podría mantenerla tal y como ella estaba acostumbrada.

La tarde empezaba a marchitarse. El calor bajó de intensidad y el sol decidió imitarle. Thianginho navegó río abajo buscando el lugar preciso de lanzar la red.

Media hora más tarde, sintió que lo observaban. Vio saltar en el agua un cuerpo grande y fuerte, de piel oscura, que empezó a nadar a su alrededor. ¡Era el Caboclo de Agua! Justo en ese instante se apagó el viejo motor. Thianginho se estremeció a pesar del calor. Su única esperanza era que aquel personaje se asustara al ver la horrible *carranca* que llevaba en la proa.

Mas no fue así. El Caboclo de Agua se alzó y abrazó a la *carranca*. Después, giró el rostro buscando a Thianginho y lo miró con un no sé qué en los ojos.

El muchacho estaba a punto de pedirle perdón por la burla, por retratarlo como mujer, pero el Caboclo de Agua desapareció en el río. Pasaron unos minutos eternos hasta que Thianginho se atrevió a mirar por la borda. ¡Cientos de peces nadaban a su alrededor! Pescador al fin, dejó el miedo a un lado y lanzó las redes que salieron repletas de pescados. Lo hizo otra vez, y sucedió lo mismo. La vieja barca estaba tan llena de escurridizos cuerpos plateados que fue un milagro que no se hundiera.

Salió la luna. Al no tener manera de regresar a la orilla, Thianginho se sentó en medio de sus peces a esperar que otros pescadores pasaran para remolcarlo de vuelta. Se puso a pensar. Sin duda él le simpatizaba al Caboclo de Agua o no habría obtenido pesca tan fenomenal. Se preguntaba la razón cuando escuchó un ruido en la proa. A la luz de la luna vio que el Caboclo de Agua abrazaba otra vez a su *carranca*. ¡Sí parecía que le estaba cantando una melodía! Entonces, el muchacho lo comprendió. ¡Aquel ser monstruoso estaba enamorado de la escultura de madera!

Thianginho sintió que los dos eran compañeros en la complicada faena del amor. Ante esto, dejó de sentir temor y se acercó. Después, relataría el curioso diálogo que tuvieron, a pesar de que nadie lo creería.

—¿Te gusta la talla de madera?

—Gusta, gusta.

—¿Te parece... bonita?

—Bonita, bonita. Un solo ojo, bonita, muy bonita.

—Ah, ¿esa es la razón de que te guste tanto?

—Una razón.

—Y..., ¿la otra?

—Muchacha sabe escuchar y deja a mí hablar. Querer llevarla conmigo.

—Cuando pueda comprarme otra barca, regresaré para regalarte esta.

—No querer esperar.

—Lo que sucede es que, si te la llevas ahora, me quedaré sin embarcación y...

Thianginho contó en detalle acerca de su amor por Luciana y su problema de no tener dinero. Tan pronto terminó de decirlo, el Caboclo de Agua se sumergió y empezó a nadar conduciendo la barca (mejor que cualquier motor) hacia la orilla donde el muchacho quería desembarcarse. Una vez que Thianginho sacó las redes llenas de pescado, el Caboclo de Agua arrancó la *carranca* con sus poderosas manos y se la llevó al fondo del río.

Además, eso no fue todo. En la mismísima proa despedazada, el Caboclo de Agua dejó media docena de pescados grandes, mas no los comunes, sino de oro.

Thianginho fue directo a la casa de Luciana a pedir su mano. Le dijo que muy pronto sería dueño de toda una flota de embarcaciones pesqueras. Por supuesto que el padre dejó de oponerse. Se casaron, tuvieron once hijos, treinta y cinco nietos, diez bisnietos...

Y... ¡Sanseacabó!

La leyenda del Sací Pererê
(Brasil)

Pues dizque vivía en el barrio Santa Felicidad, de la ciudad de Curitiba, *dona* Juliana, una viejecita costurera. Mete-aguja-mete-aguja con el hilo y el dedal y tracla-tracla-tracla se pasaba horas trabajando, dándole al pedal de su vieja máquina de coser para atender todas las necesidades de su pequeño nieto que había quedado huérfano. Adriano tenía seis años y *dona* Juliana soñaba que sería abogado o médico. El niño era para ella la fuerza que ponía alas a sus manos y pies para coser las prendas más bonitas, que luego las vendía a un comerciante de la ciudad.

A pesar de vivir en aquel barrio con un nombre tan alegre, *dona* Juliana se hallaba triste y desconsolada desde hacía días. Y no era para menos: las prendas que terminaba de coser, al día siguiente desaparecían. Se esfumaban.

Dona Juliana sabía que no era cosa de ladrones, puesto que la puerta quedaba bien cerrada y atrancada con un palo grueso, y las ventanas estaban protegidas por fuera con un enrejado. Además, allí dormía Tirsha, una perra grande, muy buena guardiana. De entrarse alguien, ella habría sido la primera en dar la alarma. No obstante, durante la noche no decía ni pío, es decir, ni un guau y amanecía con la lengua afuera y los ojos bizcos. Y algo más: la habitación olía a humo de tabaco. Como ella no fumaba, llegó a la conclusión de que aquello era cuestión del Sací Pererê.

Sací Pererê es un espíritu burlón que tiene una sola pierna, agujeros en las palmas de las manos, fuma una pipa y lleva gorro de un color rojo profundo que resalta en su hermosa piel negra. Le gusta robarse cosas, desde una aguja hasta un caballo. También se complace en esconder llaves, espejuelos, billeteras, juguetes de los niños y meterse en la cocina para chamuscar la carne, salar el arroz, agriar la leche, meter moscas en la sopa... y hacer otras linduras.

Un día lunes, al ver que había desaparecido todo su trabajo del fin de semana, *dona* Juliana se puso a llorar desconsolada. Tirsha le lamió la mamo, ladró dos veces y movió la cola.

—Ay, mi perrita linda. Tú sabes que contra el Sací nada se puede —dijo enjugándose las lágrimas en un pañuelo.

Tirsha ladeó la cabeza. Miró al perchero donde estaba colgada su correa y ladró y ladró y ladró.

—No, Tirsha, para ir a pasear al parque tienes que esperar que venga Adriano. —Y señaló la gorra de su nieto que también colgaba allí. De repente, le asaltó un pensamiento—. ¡Tirsha, me has recordado algo! Si se logra atrapar y robar la gorra al Sací, él te concede todos tus deseos. Pero... imagínate lo difícil que sería para mí lograr algo así. Todos saben que el Sací es muy rápido —suspiró la viejita.

Esa vez Tirsha fue al cajón donde su ama guardaba cierres, elásticos, botones y cintas. Olfateó dentro, agarró un paquete de cintas en su hocico y volvió donde su dueña.

—¡Huy, qué inteligente eres, Tirsha! Pero estas cintas no servirían para amarrarlo y tampoco la cinta de medir... —se rio *dona* Juliana.

Tirsha se acostó en el piso con la cabeza entre las patas. Una mosca empezó a zumbar por la habitación seguida de otra.

La viejita se puso de pie, abrió un cajón y sacó de allí una cinta atrapamoscas para colgarla en la lámpara.

—Esta ya no sirve —dijo al ver la antigua cinta cubierta de moscas.

En eso, un pensamiento hizo blanco en la mente de *dona* Juliana, como una flecha.

¡Las cintas atrapamoscas! Al instante sacó del cajón otras dos y las dejó en la mesita donde cortaba las telas.

Cuando regresó Adriano de la escuela, la viejita lo llevó fuera de la casa a toda prisa con el pretexto de que quería ir a pasear a la esquina. Una vez allí, lejos de los oídos del Sací Pererê (ya que es conocido que, una vez que entra a un lugar, se vuelve invisible y puede escuchar todo lo que se dice) le contó el plan que tenía.

Adriano mostró una sonrisa traviesa a la que le faltaban dos dientes.

Ya de vuelta en la casa, se pasaron el resto de la tarde hablando acerca de unas maravillosas cintas transparentes, que eran bellísimas y un verdadero tesoro por lo raras y extraordinarias.

—Cuidado las pierdes, abuela —advirtió el niño con voz exageradamente angustiada—. Sería terrible.

—Sí. Sería terrible, terrible —recalcó *dona* Juliana.

Esa noche se quedaron detrás de la cortina que separaba el pequeño dormitorio de la salita.

A eso de la medianoche, escucharon un pum-pum-pum. Alguien que saltaba en un solo pie había entrado. La viejita sacudió con suavidad a Adriano que, de tanto cabecear, se había quedado dormido. Un olor a tabaco de pipa se esparció.

Pum-pum-pum, el ruido se acercó a la mesita donde se encontraban las cintas atrapamoscas. Escucharon una risita burlona y luego... una exclamación de cólera.

En ese instante, *dona* Juliana y Adriano descorrieron la cortina y salieron. Ella prendió una vela y

Adriano dio un grito de triunfo. En sus manos tenía la gorra del Sací.

—¡Ajá, bandido! ¡Te tenemos a nuestra merced! —exclamó la viejita, a quien le gustaba utilizar palabras antiguas.

—¡Devuélveme mi gorro, niño malo! —gritó el Sací con las manos pegadas en las cintas atrapamoscas.

—¡El malo serás tú, ladrón! —contestó Adriano, quien disfrutaba de lo lindo en el papel de héroe.

Tirsha, en un rincón, bajo el poder del hechizo del Sací, miraba la escena con los ojos bizcos y la lengua afuera.

—Vamos a ver. Es hora de hacer negocios —dijo *dona* Juliana con voz firme, sosteniendo la gorra que Adriano le había entregado—. Si quieres esto, entonces tendrás que cumplir mis deseos.

Sací Pererê lloró y dijo que él era un pobrecito que lo único que poseía en la vida era su gorrita.

Dona Juliana no se inmutó y amenazó con quemarla en la llama de la vela.

—Pide lo que quieras —claudicó Sací Pererê.

Dona Juliana pidió siete máquinas de coser y una docena de tijeras.

—Concedido —acepto el Sací y doce máquinas de coser y una docena de tijeras aparecieron.

—Ahora quita el hechizo a mi perrita —pidió Adriano.

—Y nunca más vuelvas por aquí —ordenó *dona* Juliana colocando el gorro en la cabeza del Sací.

—Y... ¿mis manos? ¡Ayúdame a despegarlas! —el Sací pidió de mal modo.

Dona Juliana se cruzó de brazos y le dijo que se las arreglara como pudiera ya que ella no ayudaba a ladrones.

Sací Pererê desapareció echando pestes sobre todas las abuelas del mundo y los niños del mundo.

En el fin de semana, *dona* Juliana, ayudada por Adriano, pintó un letrero muy bonito donde se leía:

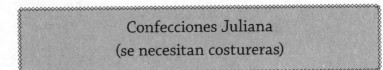

Confecciones Juliana
(se necesitan costureras)

Así logró dar trabajo a muchas vecinas del barrio y cuidar de su nieto, quien creció como un hombre de bien, pero no fue ni abogado, ni médico, puesto que cada vez que relataba lo acontecido con el Sací Pererê, la gente insistía que tenía una gran fantasía. Convencido de esto, se convirtió en un escritor muy famoso.

Y... ¡Sanseacabó!

La leyenda del Chivato de Valparaíso
(CHILE)

Pues dizque en el "barrio inglés", de la hermosísima ciudad de Valparaíso, vivía el comodoro James H. Winston-Barllow, un marino inglés retirado, viudo y padre de una hermosa muchacha llamada Elizabeth, quien se aburría como una ostra en medio de las amistades que su padre le permitía frecuentar. Para llegar rápido al meollo de la leyenda, resulta que Elizabeth conoció en el puerto a Juan, un estibador. Juan era guapo, guapo de verdad, con la tez tostada por el sol, de ojos verdes que parecían bailar en el rostro al son de su risa. Sin olvidar su cuerpo musculoso y fuerte. Elizabeth lo vio y quiso conocerlo. Reír con él, bailar con él, en fin pasar el resto de su vida con él. Sin embargo, a pesar de que Juan también se sintió fuertemente atraído hacia ella, ni siquiera consideró que aquella sociedad injusta y desigual le permitiría besar siquiera el dobladillo de la falda de ella. Mas cuando una muchacha se empeña en algo del corazón, ni el demonio puede meter cucharón. Punto y fuera.

Elizabeth se acercó a él y fue directo al grano.

—Ten este pañuelo —dijo entregando la diminuta prenda a Juan.

—Es muy pequeño para que me sirva. En este trabajo se suda mucho —argumentó él sin extender la mano para recibir aquel regalo.

—Tiene mis iniciales y huele a mi perfume —insistió ella empezando a desesperarse.

La nana que la acompañaba regresaría en cualquier momento, pues estaba dejando un recado a un capitán de los barcos pesqueros de su padre.

Juan se guardó el pañuelo en el bolsillo del pantalón.

—Mañana, en la iglesia de La Matriz, a las siete de la mañana —susurró Elizabeth.

Y de allí en adelante floreció el romance clandestino con la ayuda de la nana, quien llevaba y traía cartas, y aguardaba afuera de una cueva donde los enamorados se encontraban en secreto. Al mismo tiempo, a otro personaje también le fascinaba Elizabeth y estaba dispuesto a raptarla. Era un ser macabro, mezcla de animal y hombre, llamado el Chivato, que habitaba justamente aquella cueva.

Un atardecer, cuando Juan fue a reunirse con su amada en la romántica cueva, encontró a la nana desmayada y tan pálida que por un momento Juan pensó que tendrían entierro. Mas la nana volvió en sí y contó algo horrible: el Chivato había raptado a la muchacha.

La primera reacción de Juan fue ir en auxilio de Elizabeth, pero la nana lo detuvo.

—Espera, antes de que te atrevas a entrar, déjame contarte algo. Dicen que quienes van a socorrer a las víctimas del Chivato tienen que pasar por cuatro pruebas: una serpiente te dará el beso de la muerte. Si sobrevives, te encontrarás con un tropel de carneros salvajes. Después, con una bandada de cuervos que tratarán de sacarte los ojos y, por último, con unos soldados armados de lanzas. De no lograrlo, terminarás convertido en imbunche, muerto en vida —advirtió la nana, quien tenía una tía entendida en hechizos.

Pues para el estibador fue igual que si le hubieran dicho que sería recibido con fiestas y agasajos. Nada podía detenerlo en aquellos momentos. Lo único que deseaba era rescatar a su amada del Chivato. Así que entró en la cueva. La nana, por otro lado, fue directo a avisar al comodoro James H. Winston-Barllow de la desaparición de su hija, antes de tener que cargar ella con toda la culpa.

Juan avanzó con pasos decididos mientras el lugar se tornaba más oscuro y apestoso. Un olor a humedad y a estiércol de chivo le golpeó la nariz. Al mismo tiempo, sintió que algo viscoso se deslizaba por sus piernas, le apretaba las rodillas, continuaba subiendo y enroscándose en la cintura, luego por el cuello... buscando sus labios. No le quedó duda: ¡era la serpiente! El estibador realizó una acción desesperada que, de haberla razonado, nunca lo habría hecho: ¡mordió la lengua de la serpiente partiéndosela en la mitad!

La víbora aflojó la presión en el cuerpo de Juan. Momento que él aprovechó para escupir el pedazo de lengua y alejarse en la oscuridad palpando la pared con una mano. El sendero se curvó y a lo lejos brilló una luz. Juan corrió en esa dirección y se encontró con un farol encendido por una vela. Estaba colocado encima de la calavera de un esqueleto sentado contra la roca. Juan agarró el farol con una mano y con la otra arrancó la canilla de la pierna del esqueleto y así armado continuó avanzando. No bien hubo dado unos cinco pasos, cuando escuchó berridos de carneros; tantos que las paredes de la cueva empezaron a temblar y las piedras de una cornisa resbalaron a sus pies.

Entonces, Juan sostuvo la agarradera del farol con los dientes, colocó el hueso debajo de un brazo y, con la agilidad de un mono, trepó y se sentó al filo de la piedra, a esperar. Los carneros llegaron. Juan se quitó la camisa, la prendió en la llama de la vela y la lanzó al suelo. Al ver fuego, los carneros corrieron en estampida hacia la salida de la cueva. Juan saltó al piso otra vez pero no tuvo tiempo de felicitarse por haber escapado de ese peligro, puesto que al instante escuchó el batir de alas: ¡eran los cuervos que venían a sacarle los ojos! Los esperó armado del hueso. Golpeó a uno, a dos, a tres y continuó así hasta que las plumas volaron por todos lados sin que uno solo de los cuervos pudiera acercarse a su rostro. Muy pronto los soldados salieron a atacarlo, pero Juan era experto en dar golpes con el hueso. Escogió al primero que dedujo era el jefe y le propinó un tremendo golpe en la cabeza. Los demás, al ver a un humano por primera vez, puesto que nadie había sobrevivido a la serpiente, a los carneros y a los cuervos, no hicieron otra cosa más que convertirse en humo.

Juan continuó avanzando y llegó a una gruta.

—¡Gracias a Dios eres tú! —escuchó la voz de Elizabeth, quien estaba vestida de novia y amarrada a una roca—. El Chivato quiere casarse conmigo. ¡Sálvame, mi amor! ¿Qué esperas? —insistió la pobre muchacha.

Ahí fue cuando Juan no supo qué hacer. ¡No contaba con nada para romper las cuerdas que aprisionaban a su amada!

En aquel instante surgió por un túnel un ser mitad hombre y mitad chivo. Era el Chivato. En las manos llevaba un cuchillo.

Otra vez el ágil pensamiento de Juan vino en su ayuda. Agachándose agarró tierra, la lanzó a los ojos del Chivato y le arrebató el cuchillo.

Como si se hubieran puesto de acuerdo, ese mismo minuto apareció el comodoro James H. Winston-Barllow seguido de mucha gente que llevaba antorchas. La nana, que iba entre ellos, miró al Chivato con una extraña fascinación, y él también prendió su mirada en la de ella.

El Chivato berreó herido en su amor propio y desapareció seguido por su sombra. Por lo menos eso pensó él, mas estaba equivocado...

Juan cortó las cuerdas que ataban a Elizabeth y ella fue a donde su padre llorando a mares para explicarle que, gracias a Juan, no se había convertido en la esposa del Chivato.

Viendo que era el momento apropiado, Juan intervino para pedir la mano de Elizabeth.

El comodoro James H. Winston-Barllow analizó a Juan de los pies a la cabeza. Recordó cómo se veía el Chivato. Comparó a los dos y se resignó a aceptar de yerno al joven estibador por pobre que fuera, pensando que, al fin y al cabo, la idea de tener nietos con cuernos y patas de chivo no era una opción. Así que la boda se celebró, Juan se convirtió en socio de la compañía naviera de su suegro y la nana, que fue tras el Chivato, en su esposa. Dicen que desde ese momento el Chivato dejó de buscar novias.

Y... ¡Sanseacabó!

El mito de la Huechula, el Millalobo y la Pincoya (CHILE)

Cuentan los abuelos que, en la parte más al sur del sur de Chile, en la isla de Chiloé (que significa "lugar de gaviotas". en lengua mapuzungun), vivía un matrimonio que tenía una sola hija. Antes de que naciera, la madre había soñado que un pez de oro le decía que llamara a la niña Huechula, "cuerpo de agua", puesto que al crecer la niña viviría en el mar.

Pasó el tiempo y la Huechula creció y se convirtió en una jovencita muy hermosa. Una mañana, cuando fue a traer agua vio en el lago el reflejo de un hombre que era mitad lobo marino. Cuando contó acerca de esta aparición, los padres no le creyeron.

—Ay, hija, déjate de cosas y cumple con tus tareas. Una de ellas es traer agua fresca —dijo su padre y la mandó de vuelta al lago.

La Huechula volvió otra vez llevando su vasija de barro. Cuando introdujo aquella vasija en el agua, la aparición surgió y se quedó mirándola balando como un lobo marino.

—¿Quién eres? —la Huechula quiso saber.

—Soy Millalobo, rey del mar —respondió él.

—¿Cómo llegaste al lago? —preguntó la curiosa muchacha sin el menor temor.

El Millalobo no dijo nada. Ni siquiera volvió a balar como lobo marino. Alargó la mano, agarró la de ella y... la Huechula se encontró dentro del agua respirando sin problemas. Entonces, el Millalobo la llevó desde el lago a los ríos que desembocaban en el mar donde tenía su castillo.

Mientras tanto, los padres de la muchacha se angustiaron al ver que no regresaba. Cuando la madre fue a buscarla y encontró la vasija abandonada en la orilla, pensó en lo peor. Regresó a la casa y lloraron la muerte de su amada hija.

Sin embargo, la Huechula estaba viva y muy contenta. El palacio del Millalobo era hermoso a pesar de ser bastante húmedo. Para completar su felicidad, tuvo una niña preciosa a la que llamaron Pincoya.

—Deseo llevarla a donde mis padres para que la conozcan —sugirió un día la Huechula al Millalobo—. Mira, si tiene la nariz de mi mamá y la quijada de mi papá. Van a estar felices —añadió.

—Es peligroso que lo hagas —advirtió el Millalobo—. Si ojos humanos la ven, ella se convertirá en agua.

—La llevaré envuelta y no dejaré que la miren. Es que extraño a mis padres y quisiera verlos por última vez —insistió la Huechula.

Y dicho y hecho, nadó hacia la superficie. Una vez fuera, envolvió a su hijita en un manto. Al verla, los padres casi se mueren de la alegría y más todavía al saber que tenían una nieta a la que insistieron ver de inmediato.

—Está un poco resfriada y ahora duerme —explicó la Huechula cubriendo mejor a su hijita.

La puso en una tinaja de madera llamada lapa, advirtiendo a sus padres que no la destaparan. Para distraerlos, les dio los regalos que traía y les contó sobre su vida: que habitaba en un palacio en el fondo del mar, que su esposo era el rey y que eran muy felices.

Pasó un día, pasó otro, pasaron tres y, cada vez que los abuelos querían mirar a la nieta, la Huechula tenía un pretexto a mano para que no lo hicieran. Esto aumentó la curiosidad de ellos. En un momento en que la Huechula dormía, los padres destaparon la cobija y miraron a la niña. ¡Ah, suspiraron felices! ¡Era una criatura tan bella! Sus cabellos tenían el color del sol, sus mejillas rosadas semejaban pétalos de rosas, pero... pero... en segundos y delante de sus ojos, su nieta se fue evaporando hasta que en la lapa solo quedó agua cristalina.

La Huechula despertó con los lamentos de sus padres. Al ver lo sucedido, corrió con la tinaja en brazos, cuidando de no derramar ni una gota de agua. Llegó a la orilla del lago y allí vació el contenido. Después llamó a su esposo, el Millalobo. Él escuchó sus lamentos y llegó nadando desde el fondo del mar por los ríos hasta el lago.

Sin que la Huechula tuviera que decírselo, el Millalobo lo comprendió. Ella se sumergió en el agua llorando y él la abrazó.

—¡Por favor, por favor, haz algo! —pidió desesperada la Huechula.

No supo si se quedó dormida, pero al abrir los ojos se encontró en el mar. A su lado, el Millalobo señaló una gran tinaja que navegaba hacia ellos. Dentro de la tinaja iba su hija, la Pincoya, convertida en una adolescente muy bonita. Lucía un vestido de algas y su larga cabellera rubia volaba al viento.

Los tres retornaron felices a su castillo. El Millalobo y la Huechula tuvieron dos hijos más, el Pincoy y una pequeña criatura que nació con cola de pez y a quien los pobladores del archipiélago de Chiloé llaman Sirena Chilota. La Pincoya es la hija predilecta del Millalobo y, por su bondad, la encargada de varias tareas en el reino de su padre, tales como proteger a los mariscos y a los peces y sembrarlos en el mar. Los pescadores de Chiloé dicen que la Pincoya baila en la playa mientras el Pincoy silba. Si lo hace mirando hacia el mar, la pesca será abundante y, si baila de espaldas... será escasa y deberán ir a pescar en otras playas.

Para asegurarse de que la Pincoya les ayude, los pescadores muelen trigo, arvejas, cebadilla, centeno y semilla de linaza, juntan todo y lo lanzan al mar durante una ceremonia a la que llaman Siembra de Peces o de Mariscos.

Desde la superficie llega un cántico en lengua mapuche. La Pincoya nada hacia allá, se esconde entre las rocas y escucha:

Con cariño te pedimos
del mar los alimentos,
como un favor
que lleguen en abundancia.

(Feita huelo toanta caiño mo pu peñi,
feita pu langén, favor feacín...)

La Pincoya sonríe. Llama a su hermano Pincoy. Espera que la luna salga y, mientras él silba, ella baila de frente al mar.

Y... ¡Sanseacabó!

La leyenda del hombre caimán
(COLOMBIA)

Pues dizque en la costa norte de Colombia, por allá entre Pinillos y Magangué, viajaba un vendedor ambulante. Tan simpático era el tipo que los clientes esperaban ilusionados a que llegara con toda clase de novedades, que iban desde ropa, fruta y golosinas, hasta mágicas pociones que igual servían para curtir cuero, limpiar zapatos, restablecer la función de los riñones, limpiar los malos humores del hígado y conquistar corazones. Además, lo decía con tal gracia, que sus historias hacían reír a la gente.

—¡Limones, limones dulces para mantener la eterna juventud! Cosechados del árbol del paraíso, donde vivían Eva y Adán —gritaba de pie junto a su carreta tirada por dos mulas.

—¡Aprenda la Biblia, mijo! Era un árbol de manzana —se burló una vieja.

—¡Sí, señora! Pero para su información las manzanas se convirtieron en limones luego del lío aquel con la culebra —contestó el vendedor con su chispa de siempre.

La gente que ya lo rodeaba se rio de buena gana. Una muchacha guapa, de piel canela y ojos negros, lo miró desafiante con las manos en la cintura.

—A ver, ¿cómo tú sabes dónde está ese paraíso terrenal? —le increpó señalándolo con la barbilla.

El vendedor se acercó a ella. La miró fijamente y sonrió mostrando unos dientes blanquísimos y hermosos.

—Aquí mismo, a tu lado, mi vida —respondió guiñándole el ojo.

—¡Ujujuyjujuy!

El público gritó y silbó la ocurrencia del vendedor.

Pero la pareja los ignoró y se quedó con los ojos fijos uno en la otra y viceversa, como si solo existieran ellos dos en medio de la calle o del pueblo, o del mundo entero.

En eso, un señor robusto, de sombrero de paja, se abrió paso de mal talante y agarró a la muchacha por el brazo sin miramiento alguno.

—¡Raquel Lina! ¡Ven! Nos esperan tus hermanos —ordenó llevándosela casi por la fuerza.

—Espere, señor, por favor. Permítame presentarme. Me llamo Roberto Antonio —pidió el vendedor.

El padre de Raquel Lina lo volteó a ver furioso dejándolo con la mano extendida.

—Bien pudiera llamarse Padre Santo que ni mis hijos ni yo permitiremos que usted se acerque a ella. ¿Entendido?

Claro que Roberto Antonio lo entendió: nunca podría formalizar nada con el amor de su vida. Y es que aquellos segundos fueron suficientes para que él supiera que Raquel Lina era eso: el amor de su vida. Por lo tanto, sin ella (valga la redundancia) la vida no valía la pena.

Desde aquel día, Roberto Antonio ya no se marchó del pueblo. Se quedó ahí esperando con ansiedad poder verla aunque fuera a lo lejos, pero ella no regresó. El enamorado vendedor averiguó que vivía en una finca que daba al río. Se subió a su carreta y traca, traca, traca, fue en aquella dirección. Se detuvo a una distancia prudente y amarró las mulas a un árbol. Al escuchar risas femeninas que venían del río, se ocultó entre los matorrales para poder observar a las muchachas sin ser visto. Su corazón le decía que entre ellas se hallaba Raquel Lina.

Y así fue.

Quizás ella sintió la presencia de él o fue simplemente una coincidencia, la verdad es que Raquel Lina salió del agua y se secó. Lo hizo con lentitud como esperando que alguien se acercara. Roberto Antonio la llamó por su nombre y ella se introdujo en los matorrales.

La leyenda no cuenta cuántos besos se dieron pero sería uno que otro. Lo más importante es que urdieron un plan para encontrarse otra vez en aquel lugar y escapar juntos. Primero, él haría algo para espantar a las otras muchachas mientras se bañaban en el río. Segundo, tendrían que fingir que ella se había ahogado para que no sospecharan de nada al no encontrarla.

Roberto Antonio fue a consultar con el viejo que le proporcionaba las pociones mágicas. Salió del pueblo en su carreta y, traca, traca, traca, llegó a las faldas de una colina donde se alzaba una casa pequeña.

Golpeó la puerta. Entró y sin demora alguna hizo al hombre la pregunta que lo llevaba hasta ahí y era parte de su plan:

—¿Podría darme una porción que me convierta en caimán por un tiempo y luego en hombre otra vez? Ah, y que surta efecto en el agua, mientras nado —añadió Roberto Antonio.

—Eso ya es cosa de hechicería —contestó el hombre rascándose la cabeza.

—Pues yo pensé que usted era un experto en estas cosas —rezongó el joven.

El hombre trató de excusarse advirtiendo que algo así era peligroso. Sin embargo, ante la insistencia de Roberto Antonio, le entregó dos frasquitos. El contenido del más grande servía para convertirse en caimán, y el más pequeño, para recuperar la apariencia humana.

Satisfecho con lo obtenido, Roberto Antonio volvió al pueblo. Esa noche no durmió de la emoción. Si todo salía bien (y no tenía por qué no ser así), la siguiente tarde ya serían marido y mujer y estarían juntos para siempre. Roberto Antonio se levantó con la luz de un nuevo día lleno de esperanza pero, de haber sabido lo que sucedía en la finca de su amada, otro sentimiento lo habría embargado. En ese momento, Raquel Lina era enviada a un convento de monjas. No obstante, en su feliz ignorancia, Roberto Antonio se preparó para continuar con aquel plan.

Llegó a la orilla. Las lavanderas ya estaban allí conversando y fregando la ropa en las piedras. Poco después llegaron las muchachas de las fincas a bañarse. Roberto Antonio bebió toda la poción del frasco más grande. Al frasquito más pequeño lo llevaba colgado al cuello. Esperó unos minutos y sintió que su cuerpo crecía mientras las piernas y los brazos se encogían. Su piel se volvió gruesa, sus labios se estiraron, las mandíbulas se volvieron enormes y sus hermosos dientes blancos se convirtieron en hileras de dientes filosos. Al ver que tenía garras en vez de manos, se convenció de que estaba transformándose en un caimán. Solo entonces se lanzó al agua en dirección a las muchachas.

Por supuesto que ellas salieron gritando despavoridas. Roberto Antonio buscó con ansiedad a Raquel Lina. El plan era que, en medio del alboroto, nadarían juntos río abajo hasta una cueva. Entonces, ella le daría a beber del frasquito para que retornara a su forma humana y... ¡listo! ¡Huirían juntos!

Desgraciadamente no fue así. Al no encontrar a Raquel Lina, nadie pudo darle a beber la mágica poción y él no podía hacerlo al no poseer manos sino garras. ¡Y nunca muchacha alguna quiso acercársele para poder escuchar que pedía ayuda!

Dicen que, desde entonces, los hombres de los poblados se aseguran de quedarse en las orillas de los ríos protegiendo a las mujeres mientras se bañan, puesto que un caimán busca a su novia. Esto es tan cierto que inclusive hicieron una canción:

Este es el caimán, este es el caimán,
que dice toda la gente.
Este es el caimán, este es el caimán,
un caimán inteligente.

Y... ¡Sanseacabó!

El mito de Bachué, la Madredigua
(COLOMBIA)

Cuentan los abuelos que hace mucho tiempo la Tierra estaba calladita. No se escuchaba ni el croar de una rana. Y es que no existía nada. Nada de nada. Entonces, un buen día, las aguas de la laguna de Iguaque, en la región de Tunja, se agitaron sin que soplara el viento. Después, se hizo un remolino en el centro. De allí surgió primero una luz tan resplandeciente que alumbró a todo el mundo, y luego emergió una joven hermosa que llevaba de la mano a un niño de tres años, exactamente. Era la diosa Bachué. El nombre del niño era secreto en aquel momento, tan secreto que ella lo llamaba con el original nombre de Niño.

Así, Bachué y Niño bajaron la serranía hasta el llano. Allí Bachué construyó la primera choza en un lugar que más tarde sería conocido como Boyacá, y Niño se pasó haciendo bolas de tierra.

La infancia de Niño transcurrió entre frases como: "Bachué, no me gusta esta comida", "Te prometo que sí me lavé detrás de las orejas" y "Me aburro, no tengo con quién jugar". Niño creció con mucha rapidez, sano y simpático, con una que otra rabieta a su haber, algo que era de esperarse en un niño, a pesar de su origen divino.

Cuando se convirtió en un hombre joven, Bachué habló seriamente con él.

—Niño, escucha —pidió Bachué, quien seguía tan jovencita y hermosa como cuando surgió del agua—. Tenemos que casarnos.

—¡Ja! ¡Qué graciosa! ¿Quién se casará con nosotros si no hay nadie más? —Niño preguntó burlón.

—Pues tú y yo —afirmó Bachué molesta.

—Correcto. Pero tú con quién y yo con quién —volvió a preguntar Niño que, tratándose de cosas de mayores, era un poco lento de entendimiento.

Bachué resopló y en sus lindos labios apareció una mueca horrible.

—Tú conmigo y yo contigo, ¿lo entiendes ahora? —la voz de Bachué tenía cierto tono de irritación que, si Niño hubiera tenido experiencia con las mujeres, lo habría alertado de que caminaba en terreno peligroso—. Nosotros estamos destinados a ser los progenitores de un gran pueblo: el chibcha.

—Ah, pero tú eres mucho mayor que yo, ¿no? —observó Niño y continuó diciendo que había visto que las ranas, por ejemplo, eran de la misma edad cuando se unían en matrimonio para tener más ranitas.

Bachué comentó lenta y amenazadoramente que ella era tan joven como él puesto que no había envejecido ni un poquito, que más bien había tenido que esperar que él creciera, que eran seres divinos y que bastaba de tanto bla-bla-bla si no quería que lo mandara al fondo de la laguna y no lo dejara salir de allí nunca más.

Fue así que Bachué dejó de llamar al niño Niño y le dio el nombre de Labaque, y le dijo que de allí en adelante ella se llamaría Madredigua. Entonces, Labaque y Madredigua empezaron a formar una familia muy extensa. Madredigua era tan fértil que tenía quintillizos, séxtuples y por docena cada año. No es de extrañarse que esa región se fuera llenando de gente y de animales también puesto que, con su ejemplo, las mamás pajarito, venado, gusano, ardilla, zorro, y demás competían por ver quién tenía más hijos. Y ni qué decir de las ranas que ganaban el premio a la fertilidad cada año.

—Vamos, Labaque, tenemos que irnos de viaje para continuar poblando otros lugares —explicó Madredigua al cabo de un tiempo.

—¡Qué bien! —aplaudió Labaque—. Siempre quise conocer qué más hay detrás de las colinas, de las montañas, de...

—Bien, vamos —lo interrumpió Madredigua, y se fueron.

Por donde iban dejaban muchos hijos a quienes educaban como gente de bien antes de marcharse, ya que ese era el propósito e intención de Madredigua.

Pasaron los años, y Madredigua y Labaque envejecieron de pronto, de un día para otro. Como Madredigua sintió que se aproximaba su fin en la Tierra y debían regresar a la laguna de Iguaque, convocó a todos sus hijos e hijas a una reunión de despedida.

—Antes de dejar esta forma humana, deseo pedirles que recuerden vivir en paz. Sin paz no hay nada que valga la pena. Así que deben ser honorables, respetuosos, leales y comprensivos. ¿Están de acuerdo? —mencionó Madredigua, que era una madre amable y no le gustaba solo dar órdenes sino hacer preguntas.

—¡Sí, Madredigua, estamos de acuerdo! —respondieron al unísono todos, y luego se pusieron a llorar.

—A ver, a ver. ¿Qué es esto? ¿Llorando? Si tan solo cambiaremos de forma y podrán comunicarse con nosotros a través de la laguna —los consoló Madredigua.

Labaque asintió con la cabeza y repitió algo parecido.

Entonces Madredigua y Labaque se convirtieron en enormes serpientes, se sumergieron en la laguna y desaparecieron.

Sus hijos e hijas construyeron allí mismo dos bohíos sagrados que se comunicaban uno con el otro. En uno rendían pleitesía a una figura de oro de un niño como de tres años, que simbolizaba a los seres humanos. En el otro, a una piedra de moler maíz, también de oro macizo, que representaba los alimentos, es decir, la fertilidad que Madredigua, quien representaba al mismo tiempo a la madre tierra y a la madre agua, trajo a los campos. Ese fue el lugar sagrado de los chibchas donde lanzaban ofrendas de flores, adornos y utensilios de oro, seguros de que ella los recibía con todo amor.

Y... ¡Sanseacabó!

La leyenda del Cadejos
(COSTA RICA)

Pues dizque antes de que la ciudad de San Juan de Tibás, en la provincia de San José, se llamara así, tenía el nombre de El Murciélago. Por su situación geográfica, se pensó que El Murciélago sería la capital de Costa Rica; sin embargo, no lo fue. Pero es la ciudad donde más leyendas han surgido, como si todos los seres mágicos y los hechizos se hubieran dado encuentro allí. Durante aquel tiempo apareció el Cadejos. Resulta que un hombre muy dado a vaciar bebidas alcohólicas en su cuerpo empezó a aumentar su vicio: de beber los viernes, pasó a beber viernes y sábado, de eso; a viernes, sábado y domingo. De ahí, a viernes, sábado, domingo y lunes. Seguido fue a viernes, sábado... en fin, completó la semana entera. Y se volvió un triste e infeliz borrachín que llegaba a su casa en tal estado que armaba tremendo alboroto.

—Mira, viejo, que no está bien que te pases de poste en la cantina —se quejó la mujer una madrugada que regresó en calidad de zombi.

El hijo mayor también estuvo de acuerdo. Inclusive el perro, al oír la palabra "poste" y olfatear el inmundo olor que emanaba del borrachín, alzó la pata, pero la mirada de furia de su ama lo detuvo.

—¡Nomediganaaa! —protestó el hombre como si llevara la lengua anudada.

—Yo sí te lo digo, porque eres un mal ejemplo para los niños y tiras la plata en bebida —insistió la mujer con las manos en jarra.

El hombre trató de alzar la mano y se fue al suelo, donde quedó roncando como fuelle de herrero.

Al día siguiente, el muchacho esperó al padre fuera. Tenía el gesto ceñudo.

—Escucha, papá, no me parece bien que bebas tanto ni que llegues tan tarde por la noche, y peor todavía que le levantes la mano a mi mamá —lo amonestó.

El padre se detuvo. Lo volteó a ver y, con el rostro rojo de la ira, le gritó:

—¡Hijo, en mi casa no solo cuidarás de la madre que te parió, sino que respetarás al padre que te engendró, eso quiero yo!

Pero el hijo mayor decidió que debía tomar cartas en el asunto para evitar que su padre continuara así.

Después de pensar y maquinar un plan, fue al centro del pueblo.

—Buen día de Dios, don Fulgencio —saludó el muchacho en el negocio de cueros curtidos.

—Buen día, buen día, muchacho. ¿Qué te trae por aquí? O, ¿qué me traes? ¿Alguna piel fina? —sugirió don Fulgencio frotándose las manos.

Aquel día todavía no había hecho negocio y penso que quizás era el comienzo.

—Que no sea de gato, que destripar a un gato trae mala suerte —bromeó.

El muchacho explicó que buscaba un cuero negro.

—Aquí tengo este. Era de un torete que murió ahogado, no tiene ni una imperfección. Está bien bonito y barato.

—No quiero comprarlo, señor —se apresuró a aclarar el muchacho—. Quiero pedírselo prestado. Es para jugarle una broma a mi papá. Necesito uno que se vea feo y peludo.

—Ay, hijo, tu padre no está para bromas. Si la mayor parte del tiempo no sabe ni lo que dice. Si pudieras encerrarlo en la casa para que no salga a beber, eso sería lo mejor.

El muchacho explicó que de eso se trataba, pero que no podía contárselo en detalle. Don Fulgencio entró a una bodega para buscar algo parecido a lo que quería el muchacho. Allí en un rincón encontró un cuero de chivo, era negro y con mechones o cadejos, enmarañados.

—Mira, qué suerte tienes. Aquí tengo este que no me sirve para nada. Te lo regalo, llévatelo —el hombre le entregó una maraña peluda.

El muchacho regresó a su casa. Cambió la cadena del perro con la que lo ataban por las noches por una soga y puso todo debajo de su cama.

Durante el desayuno comentó como quien no dice nada:

—Mmmmm, oí que hay que andar con cuidado. Escuché que ronda por estos lugares un perro endemoniado con la piel enmarañada en cadejos y cargado de cadenas, que ataca a los trasnochadores para amarrarlos y llevarlos al infierno.

—No creo en esas patrañas —el padre refunfuñó y salió dando un portazo.

Esa noche, el padre regresaba bastante tarde y, como siempre, zigzagueando por el solitario camino. Las otras casitas regadas en el campo parecían haber desaparecido tragadas por la oscuridad. Al subir una pequeña loma, divisó a lo lejos la luz del quinqué que su mujer dejaba siempre prendida. Iba a respirar aliviado cuando escuchó un gruñido detrás de una piedra. Se detuvo. Su cuerpo osciló de adelante para atrás. Eructó.

Pensó que el ruido seguramente había brotado de su barriga. Al repetirse el gruñido, le entró miedo.

—Aléjate, animal feroz, que Dios nació antes que vos —rezó tratando de pronunciar bien las palabras y lo logró, pues con el miedo la borrachera se le evaporó.

Las siguientes tres noches se quedó en la casa con su mujer y los hijos. La esposa no podía más de la alegría. ¡Parecía un milagro!

A la cuarta noche volvió a salir vencido por el vicio.

De regreso, ya a eso de la medianoche, escuchó de nuevo el gruñido, que no quedó en eso, sino también en un ruido de cadenas.

Después de aquella experiencia, no salió a beber durante cinco días, pero al sexto...

Regresaba. Al acercarse por la piedra, su mente ahogada en alcohol recordó que justamente allí había escuchado aquellos ruidos tenebrosos. Para no llamar la atención, pasó de puntillas. No se oyó nada. Soltó un risita de satisfacción. De pronto, a su espalda un gruñido tras otro se repitieron acompañados por el sonido de cadenas. Y, en la media claridad de la luna nueva, vio una figura negra que andaba en cuatro patas.

El padre llegó a la casa jadeando, los pantalones mojados (a pesar de que no había llovido) y embarrados (a pesar de que no se había caído en el lodo).

Toda una semana se quedó sin salir, pero el llamado del vicio era muy fuerte y, a pesar del miedo, salió a beber. Esa vez fue preparado y llevó su cuchillo.

Pues sucedió lo mismo que otras veces. Bebió hasta altas horas de la madrugada y de regreso a su casa recorrió el mismo lugar, pues ese era el único camino. Pasó de largo junto a las rocas y, al no

escuchar rugidos ni cadenas, continuó más tranquilo. Se detuvo para mirar hacia atrás, y notó con horror que un enorme perro o animal del demonio le pisaba los talones. Como en otras oportunidades, la borrachera se le esfumó. Entonces empuñó el cuchillo para atacar a la bestia. En eso escuchó una voz conocida:

—¡No, no, papá, no! ¡Detente! ¡Que soy yo!

El rostro de su hijo mayor surgió del revoltijo de cadejos negros de la piel de chivo.

—Conque eras tú quien quería asustarme, ¿no?

El hombre reaccionó con la más tremenda furia. Se sentía avergonzado de que su hijo hubiera visto el miedo ocasionado por su disfraz.

—Es que pensé que era la única manera de que tú dejaras de ser un borracho ruin y sinvergüenza y por eso...

Mas el hombre no le dejó terminar la explicación. Mirándolo fijamente lo maldijo:

—Por insultarme y asustarme, Cadejos quedarás y a todos los borrachos del mundo perseguirás.

Apenas pronunciadas estas palabras, la piel negra se pegó al cuerpo del muchacho. Sus brazos y piernas se convirtieron en patas; los dientes, en enormes colmillos; su quijada, en hocico; los ojos, en dos carbones encendidos. Quiso hablar y tan solo sonidos guturales salieron de su garganta; quiso llorar, y lanzó un aullido prolongado. Entonces se fue corriendo en cuatro patas hacia el llano.

Por desgracia, a veces las buenas intenciones no siempre son premiadas. En esta leyenda el pobre muchacho fue castigado y se convirtió en un animal enorme, con aspecto de perro rabioso, de ojos encandilados y cerdas enmarañadas en largos cadejos que arrastra por el suelo.

Cuando el padre se dio cuenta de lo que había hecho, lo buscó por todos los rincones. Se arrepintió, lloró, hizo penitencia, fue a la iglesia y oró, a pesar de que nada sirvió. Su hijo estaba perdido. Ese fue su castigo; un castigo horrible. Juró dejar la bebida y la dejó para siempre, pero aquello tampoco le devolvió a su muchacho.

Cuentan que el Cadejos cumple con lo encomendado y aún más: persigue a los borrachos para asustarlos y también a los malvados que rondan por las calles ocultos en las sombras, a los estafadores, a los que engañan a las muchachas con sus mentiras y a todo ser que tiene la conciencia oscura como la noche.

Y... ¡Sanseacabó!

El mito de las dos hermanas
(Costa Rica)

Cuentan los abuelos que en el río Terraba, en la región donde viven los boruca, hay un lugar mágico llamado Mambrán, donde las piedras han formado albercas y canales naturales que se llenan con el agua de una pequeña cascada. En lugar tan especial, habitan los duendes de la naturaleza gobernados por Bisucra, el Señor de las Aguas.

Una mañana, dos hermanas gemelas caminaban en esa dirección para ir a bañarse como era su costumbre. Lo que hacía de aquel día algo especial era que las dos llegaron a la pubertad, es decir, culminaron la etapa de la niñez. Después de siete días de un ritual tradicional, ya eran mujeres y, por lo tanto, podían escoger marido, algo que nadie dudaba que para ellas sería tan fácil como atrapar a un oso hormiguero con miel. Es que eran muy, pero muy bonitas, con la piel de un hermoso color canela y los cabellos largos, oscuros y sedosos. El parecido entre ellas era tan asombroso que hacía casi imposible diferenciarlas. Casi, porque una tenía un lunar pequeñito encima del labio superior y la otra no. No obstante, eran totalmente diferentes de carácter. Una suave y dulce, se llamaba Sutruik, que quería decir "venada", y la otra vehemente y obstinada, Shun, que significaba "viento".

—Estoy segura de que yo conseguiré un marido antes que tú —rio Shun mirando con picardía a su hermana.

—Depende a cuál de las dos nos vea primero tu "futuro" marido —razonó Sutruik.

Shun se puso seria. Al ser como dos gotas de agua, eso era la purísima verdad. Por lo tanto, planeó llegar ella primero a Mambrán, donde ya estarían muchos jóvenes bañándose en aquel día tan caluroso.

—¡Ayyyy, me torcí el tobillo! —gritó Shun y cayó sentada en el sendero de tierra.

—¡Pobrecita! Regresemos a la casa. Apóyate en mi hombro —sugirió Sutruik esforzándose para levantar a su hermana sin lograrlo.

Uggg, ugggg, agggg, trató y trató con todas sus fuerzas, pero Shun parecía pegada a la tierra. De lo que Sutruik no se dio cuenta fue de que Shun se agarraba, disimuladamente, de una raíz.

—¿Por qué pesas tanto hoy? —se sorprendió Sutruik.

—Es que comí mucho —contestó Shun con expresión inocente—. Si no puedes ayudarme, regresa a la casa y trae a la tía.

Sutruik dio media vuelta y corrió como un venadito a cumplir la sugerencia de su hermana. Quien cuidaba de ellas a la muerte de sus padres era una mujer a la que llamaban tía.

Mientras tanto, la pícara Shun se levantó de un salto y ella también corrió como el viento, pero en dirección a Mambrán.

Como se encontraba muy cerca de ese sitio, escuchó voces de jóvenes que cantaban y reían jugando en el agua. Segura de que entre ellos estaría su futuro marido, Shun calculó sus movimientos para conquistarlo: lo miraría ladeando la cabeza, después de reojo, seguido bajaría el rostro y batiría las pestañas antes de lanzarle dos flechas frontales con sus ojos negros.

Al atravesar por la vegetación, en vez de encontrar a los jóvenes, vio que unas sombras desaparecieron en el agua de las pozas.

Entonces, Shun sospechó que se trataba de los duendes que la gente decía que habitaban en Mambrán. Sintió un poquito de miedo, empezó a retroceder pero se detuvo. Un joven apuesto surgió de la pequeña cascada y caminó hacia ella.

—¡Espera, no te vayas! —pidió extendiendo las manos—. ¡Eres la muchacha más hermosa que he visto en mi vida!

Shún abrió la boca como un pez, olvidando lo de batir las pestañas y demás coqueterías.

—Yo soy Bisucra, el...

—El Señor de las Aguas —Shun terminó la frase por él.

La risa de Bisucra sonó cantarina, como agua corriendo por las rocas.

—Me gustas mucho. Tienes carácter de remolino. Es más, creo que me he enamorado de ti, este...

—Me llamo Shun, como el viento. ¡Y yo también siento que me he enamorado de ti!

Bisucra adelantó dos pasos, tomó en sus brazos a Shun y le pidió que fuera su mujer. Ella aceptó sin reparos. De pronto, un ruido lejano hizo que el Señor de las Aguas desapareciera.

Shun esperó que volviera a aparecer pero, al ver que no lo hacía, regresó a donde la dejó Sutruik. No quería que su hermana fuera a buscarla y que Bisucra la conociera.

Al verla caminando sin problema, la tía y la hermana se sorprendieron.

—Pues... el dolor desapareció. Ahora me dirigía a la casa —dijo Shun.

—Mmmmm, parece que primero caminaste a Mambrán —la acusó Sutruik al ver que venía de esa dirección.

—Fui a ver si valía la pena nadar, pero un deslave de lodo ha cubierto todas las pozas. Es mejor regresar otro día —mintió Shun.

Las tres regresaron a la casa. Sutruik sospechaba que su hermana ocultaba algo. Seguramente encontró en Mambrán a algún joven que le gustó. Molesta por la treta que Shun le jugó, decidió ir allá y averiguarlo. La ocasión se presentó antes de lo que se habría imaginado.

—Nos falta agua fresca —gritó la tía desde la casa donde estaba preparando la comida.

—¡Yo voy por ella! —gritaron las dos muchachas al mismo tiempo y con la misma emoción.

—El tobillo de Shun puede estar débil todavía. Mejor voy yo —insistió Sutruik.

La tía estuvo de acuerdo y, a pesar de las protestas de Shun, envió a Sutruik.

Sutruik corrió en dirección de Mambrán. Al acercarse también escuchó voces de jóvenes. Tal era su curiosidad, que no se detuvo para arreglarse y atravesó los matorrales. Como vio sombras que se escurrían por el agua de las pozas, sintió miedo y pensó en regresar a la casa, pero una voz la detuvo.

Era un hermoso joven que salió de entre las aguas de la cascada.

—Amada mía, por fin vienes —dijo caminando hacia ella.

Sutruik retrocedió, a pesar de que aquel joven le parecía encantador.

—También me gustas cuando te ves calmada como agua cristalina —dijo emocionado.

Trató de abrazarla y ella no se dejó.

—¿Qué te sucede? ¿Por qué no me dices nada? —preguntó sorprendido de aquella inusitada timidez.

—E-e-este, ¿acaso tú eres el Señor de las Aguas? —balbuceó Sutruik.

—¡No te burles de mí! —protestó el joven—. ¿Acaso has olvidado nuestras promesas y mi nombre en tan poco tiempo?

Sutruik no supo qué contestar.

—¡Por supuesto que soy Bisucra, el Señor de las Aguas! Y tú has aceptado ser mi mujer.

—¡¿Yoooo?! —La sorpresa abrió los ojos de Sutruik como naranjas—. Si nunca hemos hablado de eso... ni de nada —añadió.

Y se alejó corriendo dejando la vasija atrás.

—¿Dónde está el agua? ¿Por qué no la has traído? —le interrogó la tía cuando regresó.

—Esteee... —empezó a explicar Sutruik cuando su hermana la interrumpió.

—Por debilucha. Seguro que no pudo cargar la vasija llena. Si esta mañana tampoco logró ayudarme.

Déjame ir a mí, tía —pidió Shun y, antes de que la mujer respondiera, corrió por el sendero que conducía a Mambrán sin caer en cuenta de que la seguía Sutruik.

Al llegar, recogió la vasija abandonada por su hermana y fue a llenarla en la cascada.

—¡Bisucra! ¡Bisucra! ¿Dónde estás? —llamó.

—¡Estoy aquí! —respondió él en tono molesto asomando su rostro entre el agua.

—¡Amado mío! —exclamó ella al verlo—. ¿Por qué estás tan indiferente?

—No me gusta que me humillen. Ya no quiero ser tu marido —dijo Bisucra.

—Pues yo tampoco quiero ser tu mujer. ¡Te odio! —gritó Shun cubriéndose el rostro mientras lloraba.

Bisucra nadó desde la cascada hacia una poza más alejada sin que Shun se diera cuenta. Quien sí lo vio y se acercó donde él fue Sutruik, que acababa de llegar.

—¡Siento que te amo, Bisucra! —gritó Sutruik jubilosa.

—¡Basta! ¡Basta! —protestó Bisucra—. ¿Es que quieres volverme loco?

Shun se echó a llorar y Bisucra se quejó de que nadie se había atrevido a burlarse así de él.

Atraída por los gritos de su amado, Shun fue hacia ese lugar. Y, claro, se encontró con Sutruik.

—¡Ajá! Ya veo la razón de tu cambio. ¡Me has traicionado con mi propia hermana, sinvergüenza! —se indignó Shun.

Al ver a las gemelas, Bisucra se frotó los ojos.

Y, como les sucedía a menudo, hablaron al mismo tiempo y dijeron las mismas palabras:

—¡A mí me pidió primero que fuera su mujer, y lo seré!

Bisucra pasó un brazo por los hombros de cada una. Estaba enamorado de las dos. Tendrían que encontrar una solución.

Para su sorpresa, llegó la tía acompañada de varios vecinos. Al advertir el peligro, Bisucra trató de desaparecer. Pero fue demasiado tarde. Los vecinos dieron alaridos de terror. Sucedía que el joven hermoso que las hermanas veían con sus ojos era en realidad un duende con orejas largas y puntiagudas y labios retorcidos.

En cuanto a las muchachas, las juzgaron por enamoradizas de duendes y fueron condenadas a morir ahogadas en la laguna de Boruca.

Y así las lanzaron a la laguna; sin embargo, no murieron. Aseguran que se encuentran allí porque se ven misteriosas burbujas que salen del agua. ¿Qué otra cosa sería que la respiración de ellas? Este prodigio se debe a Bisucra, el Señor de las Aguas. Lo que queda de misterio es a cuál de ellas escogerá para ser su mujer. Quizás esa es la razón por la cual, cuando el agua de la laguna de Boruca se agita y golpea las embarcaciones, se escucha un par de voces femeninas que repiten sin cesar: "Át, át, át, ¡yo, yo, yo!".

Y... ¡Sanseacabó!

La leyenda del Güije
(CUBA)

88   Pues dizque existe en Cuba un pequeño ser mágico cuyo papá vino de África y en las nuevas tierras se enamoró de una duende indígena. El resultado es el Güije, también conocido como Jigüe o, a veces, si va en pareja, como los Chichiricú. La cuestión es que habita en los sitios donde hay agua: lagos, pozas y charcos de los ríos porque es chirriquitito y puede caber sin problema. Lo describen de distintas maneras, desde con escamas hasta cubierto de pelos enmarañados. No obstante, en lo que todos están de acuerdo es que es un negrito diminuto con los ojos saltones, la nariz chata, la boca grande, de una gran agilidad, protector de la naturaleza, muy enamoradizo y que persigue a las muchachas feas o bonitas cuando van al río a lavar. A pesar de que aseguran que el Güije solo aparece en las noches, se ha comprobado que no es así puesto que las lavanderas lavan de día. Y eso es una verdad tan grande como una catedral.

—Yo no creo en ese tal Güije —se jactó el doctor Virgilio Alonso delante de su hijo Luis, un muchachito de diez años, que utilizaba muletas a causa de la poliomielitis.

—Pero, papá, si te aseguro que lo he visto, y no una vez sino varias veces —insistió el niño—. Mira, la primera, una garza lo tenía atrapado en el pico. Yo pensé que era un sapo y quise salvarlo antes de que se lo tragara. La amenacé con una de mis muletas, ella abrió el pico asustada y dejó caer a un negrito. Estaba inconsciente y frío. Yo lo froté para que entrara en calor. Él se repuso y saltó de mis manos al suelo. Me miró con afecto, te lo juro, y desapareció. La segunda vez...

—Ni una palabra más, Luis. No quiero un hijo de mente débil y trastornada por cuentos —lo amonestó el doctor Alonso.

Luis tuvo que callarse sin poder continuar con su relato. El Güije era su amigo. Su único amigo puesto que el muchacho no tenía hermanos debido a la prematura muerte de su madre.

Ni Luis olvidó aquella conversación ni el doctor Alonso. Durante la tarde del siguiente día, Luis fue al río. Se sentó debajo de una ceiba, colocó las muletas a un lado, introdujo los dedos meñiques en la boca y silbó con fuerza. Poco después apareció un negrito no más alto que la distancia entre el tope del dedo pulgar y el índice. Tenía el cabello enmarañado y vestía un pantalón corto de hojas.

—Buenos días, Luis —saludó el Güije—. ¿Qué tú quieres, amigo?

—Saludarte y conversar —repuso Luis con una sonrisa.

—Por supuesto. Hoy te contaré la ocasión en que asusté al novio de una muchacha que no la merecía. Era borracho y jugador y ella no lo sabía. Pero yo sí. Una noche, cuando se encontraron aquí debajo de este árbol sagrado... —El Güije se interrumpió para preguntar si el niño sabía aquello. Luis negó con la cabeza, entonces continuó con otra historia—: La ceiba es un árbol sagrado porque dentro viven los espíritus de la naturaleza. A veces uno, a veces más. Es el lugar que ellos escogen para habitar. Por eso no hay árbol ni planta ni nada que crezca más alto que una ceiba en el mismo lugar. ¿Comprendes, muchacho?

Luis afirmó con la cabeza encantado. La voz del Güije era linda, suave y melodiosa, completamente diferente que su aspecto.

—Pues, volviendo a la otra historia: el hombre casi la convencía de que fuera su novia y la muchacha se negaba. Yo salté de una rama al cuello de ella sin que ellos cayeran en cuenta, y cuando el tipejo trató de besarla, ¡me besó a mí! Cuando abrió los ojos y me vio, salió en estampida sin ofrecer explicaciones. La muchacha, resentida al no saber lo sucedido, no volvió a hablar nunca más con él —el Güije terminó de contar en medio de risotadas acompañadas por las de Luis.

Fue allí que apareció el doctor Alonso. Escondido entre la maleza escuchó a su hijo hablando solo, sonriendo como un idiota y lanzando carcajadas.

Luis trató de explicar que estaba conversando con el Güije que vivía en la ceiba.

—Regresa inmediatamente a la casa —ordenó al muchacho—. Un Alonso no será un lunático. Tendrás que aprender, por las buenas o por las malas, que la imaginación desbocada no conduce a nada más que a la locura.

Y confesó que "por las malas" significaba que cortaría el árbol donde su hijo aseguraba que vivía el Güije.

—¡No, papá, nooooo! ¡No cortes la ceiba! —suplicó Luis.

—Quizás tienes razón. Sería una tontería sacrificar un árbol tan bello, cuando lo que estoy es detrás de hacerte entrar en razón —repuso el doctor Alonso mientras cavilaba.

El doctor Alonso llamó al peón más antiguo de la finca, que conocía mucho sobre cosas relacionadas a duendes y fantasmas.

—Mi hijo está convencido de que ha visto a un Güije que habita en la ceiba —explicó el doctor Alonso.

—Debe ser verdad —aseguró el viejo.

El doctor Alonso se volvió morado de la ira, aunque trató de mantener la calma.

—¿Me puedes decir si conoces una manera de sacarlo de allí sin que implique cortar el árbol? —trató de indagar con una amabilidad ficticia.

—Oiga, doctor, es mejor no meterse con el Güije —aconsejó el viejo peón.

Luis respiró tranquilo por un instante. Sin embargo, su padre insistió en saber qué se podía hacer al respecto.

—Pues bien. Yo he escuchado que primero hay que conseguir doce Juanes, es decir, doce hombres que se llamen Juan, ya sea de primer nombre o de segundo. Junto con ellos hay que darle doce vueltas a la ceiba justo a las doce de la noche y enseguida invocar al Güije. Esto hace que salga corriendo y ahí se lo atrapa —explicó el peón nervioso pues no le hacía ninguna gracia estar involucrado en algo que tuvuera que ver con aquel duende.

—Y, ¿qué tú harás con el Güije si lo atrapas, papá?
—se preocupó Luis.

El padre dijo que lo quemaría en el horno de leña y, si no aparecía, Luis tendría que prometer no imaginarse tonterías nunca más.

Desde ese mismo momento, empezaron a buscar hombres que llevaran el nombre de Juan. Como el doctor Alonso prometió pagar por su presencia, los Juanes llegaron en cantidades. Sospechando de que hubiera tantos, el doctor hizo las indagaciones necesarias y resultó que, de los cincuenta que se presentaron, cuarenta mentían.

Al fin, cuando consiguió la docena de Juanes, los citó para encontrarse por la noche.

Cerca de la medianoche salieron en dirección a la ceiba. Luis iba detrás caminando, ayudado por sus muletas.

Ya en el lugar hubo una pequeña discusión entre los Juanes: ¿Debían dar las vueltas tomados de las manos o simplemente uno junto al otro?

Se decidió por votación unánime que no se tomarían de las manos.

El lejano sonido de las campanas del pueblo se escucharon y los Juanes caminaron alrededor del árbol.

Una, dos, tres, cuatro, cinco, seis vueltas y nada sucedió. Siete, ocho, nueve, diez, once... y a las doce todos llamaron al Guije, como habían quedado de acuerdo. De repente, la corteza de la ceiba se separó y muchos negritos saltaron encima de los asustados Juanes, el doctor Alonso y el viejo peón. Les halaron de los cabellos, les pellizcaron las mejillas y les mordieron las orejas.

En medio del alboroto, el Güije, amigo de Luis, lo llamó para darle un bastón.

—Amigo, nunca más necesitarás de estas —dijo lanzando las muletas al río.

Al cabo de lo que les pareció horas, los negritos volvieron a meterse en la ceiba. El doctor Alonso cargó a su hijo y volvieron a la casa, aterrados. Allí, bajo la luz de los quinqués, se sorprendieron al ver que ninguno de ellos tenía ni el más mínimo moretón, rasguño, mordedura o dolor.

—Caray, olvidamos traer tus muletas, mijo —se preocupó el doctor Alonso.

El niño sonreía feliz.

—El Güije dijo que nunca más las necesitaría, las lanzó al río y me dio esto.

Luis mostró el bastón y caminó orgulloso donde su padre.

Y... ¡Sanseacabó!

El mito de los tres diablos
(CUBA)

Cuentan los abuelos que cuando el mundo era joven, de eso hace tantísimos años, no existían los humanos todavía, pero cuentan que había tres diablos: la Diabla Vieja, el Diablo Viejo y el Diablo Niño, quienes causaban tremendos daños y maldades a los animales que habitaban la Tierra. El límite fue cuando Diablo Viejo, que se creía muy chistoso, lanzó un rayo a las patas del murciélago que cegó sus ojos y desde ahí los tiene tan delicados que solo puede salir por la noche. Y la Diabla Vieja le robó todas las plumas al sapo (que obviamente era un pájaro) y lo soltó al pantano. El Diablito también, con tremendo ejemplo de los grandes, hacía de las suyas. Cuando el tigre, que era vegetariano, iba a merendar, el diablito mezcló entre la hierba todo un nido de pajaritos. El tigre se los tragó de un bocado y de la pura pena se volvió loco. Los tres diablos hacían todo por crueldad y nadie podía vivir en paz. Mientras tanto, por la noche, se reían a mandíbula batiente y compitiendo por quién hacía más maldades.

Cansados de los diablos y sus diabluras, los animales se reunieron en un lugar secreto para ver cómo liberarse de ellos. Ideas iban, ideas venían y las discusiones se volvían cada vez más largas y pesadas sin poder encontrar un buen plan. En medio de todo aquello, una señorita guanajo, que así llaman a los pavos en Cuba, bostezó aburrida de tanta perdedera de tiempo y metió la cabeza bajo el ala dispuesta a pegarse una siesta.

Pues este gesto prendió la chispa de la genialidad en otro guanajo y se le ocurrió una idea. Primero llamó a todos los guanajos, les dijo en secreto su ocurrencia y les consultó si estaban de acuerdo. Como todos aceptaron, fue donde el león, que desde esas lejanas épocas ya cargaba el título obligado de rey muy a su pesar, puesto que no creía en la monarquía, pero esa es otra historia.

—Amigo rey, casi todo está solucionado —dijo el guanajo—. Tendremos un baile.

—¡Un baile! ¿Pero qué tú crees? ¡No hay nada que festejar! ¡Si todavía no sabemos cómo librarnos de los diablos! —rugió el león en tono deprimido.

—Pues de eso se trata, amigo rey —aseguró el guanajo y, subiéndose encima de una piedra, susurró todo el plan en el oído del león.

Desde aquel momento, los guanajos se encargaron de organizar el baile. Como era de esperarse, buscaron a los mejores conjuntos musicales formados por los monos, quienes trajeron bongós, maracas, guitarras, tambores, botijas y todo lo que se necesita para tocar buena música.

Los pájaros se encargaron de la parte vocalizada: los coros, los duetos y los solos. Para la pista de baile escogieron una explanada rodeada de árboles. La iluminación fue encomendada a las luciérnagas. Cuando llegó la noche del baile, la música retumbaba por todos lados, llevando una alegría pegajosa.

En la cumbre de un cerro, el Diablo Viejo fue el primero en escucharla. Sin poderlo evitar, sus patas de macho cabrío se movieron solitas al ritmo y le entraron unas ganas locas de bailar. Así que bajó al lugar donde se daba la fiesta.

—Amigo, quiero pasar al baile —dijo el Diablo Viejo a un gorila que cuidaba la entrada.

—Para entrar hay solo un requerimiento, amigo —contestó el gorila deteniéndolo.

—A ver, ¿cuál es? —quiso saber el Diablo Viejo.

—Quitarse la cabeza —contestó el gorila sin inmutarse.

El Diablo Viejo se introdujo una uña en la oreja para sacarse la cera pensando que tenía dificultades para oír.

—¿Puede repetirlo, amigo? —pidió el Diablo Viejo.

—Este es el Baile sin cabeza, y solo pueden entrar quienes se la quitan —explicó el gorila y permitió que el Diablo Viejo mirara la pista de baile.

Allí bailaban muy contentos unas treinta parejas... ¡Sin cabeza!

—¿Se quedarán descabezados para siempre? —se preocupó el Diablo Viejo.

El gorila portero dijo que no, que después se las pegarían con brea y listo.

El Diablo Viejo se quedó pensando. La música estaba rebuena y ya no solo sus patas se movían al son, sino todo el cuerpo desde la cabeza con cachos hasta la punta de la cola.

—¡Déjeme entrar, amigo! —pidió el diablo.

—Yo no se lo impido, amigo. Las reglas son las reglas. ¿No escucha la canción? —repuso el gorila.

No baila,
no baila
el que tiene
cabeza.

El Diablo Viejo volvió a preguntar si la brea funcionaba y si la cabeza la colocarían exactamente en su puesto; con el rostro hacia delante y la nuca hacia atrás. El gorila afirmó que así sería. El Diablo Viejo aceptó que le quitaran la cabeza para poder entrar al baile. El gorila le pidió que la colocara encima del tronco de un árbol, afiló un hacha y ¡zaaaaz! Por supuesto, el Diablo Viejo no pudo ir a bailar ni esa vez ni nunca jamás.

Al saberlo, las parejas de guanajos festejaron con chirridos de alegría y rápidamente volvieron a esconder sus cabezas bajo el ala y continuaron bailando.

En eso, se presentó en la entrada del baile la Diabla Vieja también atraída por la musiquita tan rica y contagiosa. Cuando fue a buscar al Diablo Viejo para ir juntos al baile y no lo encontró, se apareció sola, bien pintarrajeada y apestando a perfume de azufre. Sacó pecho y trató de pasar ignorando la presencia del gorila portero. Entonces, él la detuvo.

—¿Qué tú te crees? Déjame pasar a bailar un ratito —exigió la Diabla Vieja.

El gorila le explicó lo mismo que dijo al Diablo Viejo: que era el Baile sin cabeza, que solo podían asistir los que se la quitaban, que luego las fijarían con brea y listo. Y también le pidió que escuchara la canción para que constatara que lo que él decía era verdad:

No baila,
no baila
el que
tiene cabeza.

La Diabla Vieja se quedó pensando mientras se pasaba las garras por los cabellos cerdosos.

—Me hice un nuevo peinado. Si me quito la cabeza, no podré lucirlo —razonó.

El gorila se encogió de hombros.

Ella se asomó por la puerta entreabierta. Sí, allí muchas parejas bailaban que daba gusto y nadie tenía la cabeza puesta.

Los tacones de la Diabla Vieja empezaron a moverse al escuchar esa música tan sabrosa, luego fueron las piernas, las caderas, los hombros y al llegar el ritmo al cuello, fue cuando decidió que tendría que bailar aunque fuera sin cabeza.

El gorila le pidió que colocara la cabeza encima del tronco de un árbol, afiló un hacha y ¡zaaaaz! Por supuesto, la Diabla Vieja no pudo ir a bailar ni esa vez ni nunca jamás.

Al saberlo, los guanajos festejaron con chirridos de alegría y rápidamente volvieron a esconder sus cabezas bajo el ala y continuaron bailando así.

El siguiente en llegar fue el Diablito.

—Oye, esa musiquita está rebuena. Me voy para dentro, a bailar —dijo el Diablito moviendo los pies de adelante para atrás.

El gorila aspiró y dijo de corrido exactamente lo dicho antes al Diablo Viejo y a la Diabla Vieja. Ya se estaba aburriendo de las mismas preguntas y respuestas, y terminó pidiéndole que pusiera atención a la letra de aquella canción:

No baila,
no baila
el que
tiene cabeza.

—¿El que qué? —interrogó el Diablito al gorila.

—El que tiene cabeza no puede entrar al baile. Este es El baile sin cabeza, te lo digo yo. Primero tienes que cortarte la cabeza —aseguró impaciente el gorila, y se pasó el dedo índice por el cuello, como si se degollara él mismo.

—¿Qué tú dices, gorila? ¿Cortármela? —quiso asegurarse el Diablito.

—Bueno... quise decir quitártela, muchacho, y luego te la pegaremos con brea. ¿Tú entiendes? El que tiene cabeza no baila —aclaró otra vez el gorila portero.

—Pues a mí no hay baile que me haga perder la cabeza —protestó el Diablito.

Se dio media vuelta y se alejó.

Esa es la razón por la que todavía existe un diablo en el mundo pero, gracias a la astucia de los guanajos, no hay tres.

Y... ¡Sanseacabó!

La leyenda del padre Almeida
(ECUADOR)

Pues dizque allá a finales de 1789 nació en la monástica ciudad de San Francisco de Quito, también conocida como la Ciudad de los Campanarios, el tercer hijo de don Tomás de Almeida y doña Sebastiana Capilla.

—Este será curita —anunció doña Sebastiana con esa clase de firmeza en la voz que no acepta contradicciones.

Es que tenía ofrecido que su primer hijo fuera sacerdote.

—Ay, doña Sebastiana. Será un cura resbaladizo. Se lo digo yo, que si no me lanzo de pecho al suelo, el infante se nos desnuca —se quejó la partera, a quien nunca le había sucedido que una criatura escapara de sus experimentadas manos.

—Por favor, cuide sus palabras, doña Marta —pidió don Tomás mirando con recelo a su mujer, que era de genio fuerte.

Doña Sebastiana decidió que haría oídos sordos al comentario de doña Marta y se dirigió a su esposo con los ojos entornados y una sonrisa en los pálidos labios.

—Se llamará Manuel, como mi padre, y sus otros nombres en ofrenda a San José, a la Virgen y a nuestro Salvador.

De manera que aquel niño fue bautizado Manuel José María del Sagrado Corazón de Jesús de Almeida y Capilla.

Al final del bautizo, en el templo de San Francisco, favorito de doña Sebastiana, esta hizo un comentario que años más tarde recordaría el sacerdote que lo bautizó con una sonrisa sarcástica.

—Se apoyará en la cruz de Jesucristo para subir y subir —dijo soñadora mirando al niño en brazos de la madrina.

Ya se imaginaba a su tierno retoño de obispo o arzobispo... enviado a Roma y quizás...

—¡Capillos, capillos, capillos! —gritaron los muchachitos callejeros que esperaban fuera de la iglesia para recibir las monedas que por costumbre lanzaban los familiares después de un bautizo.

La infancia de Manuel de Almeida transcurrió sin mayores contratiempos... para él. Jugaba con los niños vecinos a la guerra y no hubo farol en el barrio que no sufriera la certera puntería de su catapulta. Amarraba latas vacías a las colas de perros y gatos que huían despavoridos; metía ratones muertos en las camas de sus hermanitas gemelas que lo siguieron con un año de diferencia. Cambiaba la sal por el azúcar en el frasco de vidrio de la cocina y enloquecía a la madre al meter grillos en la sopa. Y, como se arrepentía llorando en su regazo, ella lo perdonaba.

—No. Definitivamente este niño no tiene carácter para cura —admitía pensativo don Tomás acariciándose la barba.

—¡No digas tonterías! —lo reprendía doña Sebastiana y continuaba diciendo que su carácter cambiaría una vez que estuviera en el convento de los franciscanos.

Manuel de Almeida llegó a los trece años experto guitarrista (arte aprendida a escondidas de su mamá, pues no consideraba al instrumento muy santo que se diga), y enamorador como él solo. Las dos aptitudes las utilizaba en las serenatas que daba bajo los balcones sin importar el barrio. Como tenía una sonrisa fácil en su rostro agraciado, no existía muchacha que se resistiera a sus avances románticos, a veces a pesar de ser de mayor edad que él.

A los catorce años, mintiendo tener más edad, en un año se comprometió con ocho muchachas para después huir cuando llegaba el momento de pedir la mano a los padres, dejando a la ingenua en medio de la más terrible desilusión. Así cumplió los dieciséis y, al aproximarse su nuevo cumpleaños, inclusive doña Sebastiana tuvo que admitir que su hijo mimado requería un cambio.

—El problema no es Manuelito. Son estas muchachas que el demonio emplea para tentarlo —aseguró doña Sebastiana, y lo mandó al convento de San Diego como novicio a los diecisiete años.

Por supuesto que hizo amigos entre los frailes de inmediato. Con su carácter risueño y su guitarra que llevó oculta al fondo de un baúl, empezó a divertirlos durante la noche hasta que el padre superior prohibió la algazara.

No pasaron muchos meses cuando Manuel sintió la nostalgia de las noches de serenata y romance, así que estudió el mejor modo de escaparse, sin que nadie lo notara, y regresar de madrugada.

En la sacristía había un Cristo de tamaño natural cuya cruz estaba apoyada contra la pared y junto a una ventana que, aunque pequeña, permitía el paso de una persona. Una idea iluminó la mente de Manuel. Una idea que la transformó en acción esa misma noche.

Cuando todos dormían en el convento, Manuel caminó en puntillas, sandalias en mano, hacia la sacristía. Se alzó los hábitos y, encaramándose en el Cristo, llegó a la ventana, la abrió y saltó hacia la calle. Una vez fuera, fue en busca de sus amigos, que lo recibieron muertos de admiración de que pudiera escapar del convento.

La noche la pasaron entre canciones y el rasgar de las guitarras, y uno que otro copetín que el dueño de la fonda ofrecía para combatir el frío de la noche quiteña.

Al ver que tuvo tanto éxito con su escapada, Manuel continuó con sus salidas clandestinas. Hasta que una noche, al encaramarse en el Cristo crucificado con la habilidad proporcionada por la experiencia de tantas noches, creyó oír una voz. Se detuvo para escuchar mejor.

—¿Hasta cuándo, padre Almeida? —reclamó el Cristo seguramente cansado de ser utilizado como escalera por el irreverente fraile.

—¡Hasta la vuelta, Señor! —respondió presuroso el padre Almeida en su afán de salir con la mayor rapidez y llegar a la cantina donde celebrarían, justamente aquella noche, las vísperas del santo de la propietaria.

Ya camino de regreso al convento, cansado de la parranda, fue cuando el padre Almeida cayó en cuenta de aquel portento. ¡El Señor le había dirigido la palabra! Más aún: ¡le había reclamado su proceder! Entonces, se sintió sacudido por la vergüenza de la cabeza a los pies. ¿Cómo pudo él, un sinvergüenza pecador, haber contestado de aquella manera a Cristo?

De repente, sus pensamientos fueron interrumpidos por una procesión que caminaba en dirección al cementerio. Seis encapuchados vestidos de negro cargaban un féretro. Detrás seguía un grupo de personas que gemían y lloraban mientras arrastraban pesadas cadenas y portaban velas amarillentas.

—¿A quién llevan a enterrar a estas horas de la noche y no durante el día? —preguntó Manuel asombrado.

—Al padre Almeida que ha muerto en pecado mortal —le contestó la calavera de uno de los encapuchados.

—¡No! ¡Hay una equivocación! ¡Yo no he muerto! —reclamó Manuel todavía abrazado de su guitarra.

Manos esqueléticas lo empujaban hacia el féretro que iba destapado. Y en realidad allí se vio. Era él mismo. Estaba tendido más muerto que muerto, pálido y con los ojos cerrados.

En aquel momento, Manuel empezó a rezar a gritos el avemaría, dejó la guitarra en el suelo y corrió lo más rápido que pudo a la entrada del convento, donde se puso a golpear con desesperación gritando que lo dejaran entrar. Fue directo a la iglesia, confesó sus pecados, pidió perdón y se convirtió en un sacerdote ejemplar. Dicen que no dejó ni un solo día de prender cirios al Cristo de la sacristía y por penitencia caminó descalzo el resto de su vida. Aseguran que ni el Cristo tuvo razón para preguntarle otra vez: "¿Hasta cuándo, padre Almeida?", ni el fraile para contestar: «Hasta la vuelta, Señor».

Y... ¡Sanseacabó!

El mito de los Apústulus y los pájaros
(ECUADOR)

Cuentan los abuelos naporuna que al principio de los tiempos, cuando Yaya, el Padre, terminó de crear todo lo que existe en la Tierra, en el agua y en el aire, encargó a los Yaya Apústulus, sus seguidores, que se quedaran para ayudar a los seres humanos. Esto sucedió en tiempos de Killa, la Luna. Los Yaya Apústulus podían moverse con el viento y regían las fuerzas de la naturaleza, a los animales y a la vegetación. Ellos enseñaron a los humanos el respeto que debían tener a la vida y a los espíritus que habitaban en la selva. De modo que los humanos aprendieron cuándo y a qué animales cazar y a cuáles no; a talar los árboles siempre y cuando tuvieran un propósito, como construir sus viviendas o confeccionar los objetos que también necesitaban para sobrevivir.

En la parte oriental de la selva, por donde sale el sol, habitaba el Apústulu encargado de cuidar a los naporuna. Era bueno y muy hábil. Fue él quien les enseñó a fabricar el primer arco con la madera dura del árbol de *shimba* y la flecha de caña de *isana*, con punta de *kumisaba*, una planta que al secarse la flor deja un punzón. Armados así, los naporuna pudieron salir de cacería para alimentarse.

Por desgracia en la selva también quedaron los *tapya*, espíritus malignos que eran invisibles y podían tomar la apariencia de cualquier animal.

Un día, cuando dos hermanos fueron de cacería, un *tapya* transformado en mono los llamó entre tanto se columpiaba de una rama.

—¡Oigan, compadres! ¡Aquí estoy! Tengo algo para ustedes —dijo el supuesto mono.

Los hermanos asombrados de que pudiera hablar fueron a donde él.

—¿Qué tienes para nosotros? —preguntó Hermano Mayor.

—Tengo algo que enseñarles —dijo el mono.

Los hermanos lo siguieron al río.

—Miren —señaló a los peces que nadaban allí.

—¿Qué son?

Hermano Menor se agachó para verlos mejor.

—Peces. Comida. Deliciosa comida —explicó el mono y a continuación les preguntó si no se hallaban hartos de solo alimentarse de la carne de los animales que cazaban.

Los hermanos se metieron en el agua y trataron de pescarlos sin lograrlo. Cuando iban a preguntar al mono cómo hacerlo, este desapareció.

Los hermanos fueron a contar aquel hallazgo a sus mujeres y junto con ellas regresaron al río.

—Vamos a pedir a Apústulu que nos regale los peces —dijo la mujer de Hermano Mayor.

—Se ven muy apetitosos —dijo la mujer de Hermano Menor, que era muy golosa.

Decididos, caminaron hacia el árbol donde habitaba el Apústulu y explicaron que querían que les regalara los peces para comerlos.

—Haré algo mejor que dárselos: les enseñaré a pescar —dijo el Apústulu.

El Apústulu cortó unas tiras finas de caña y confeccionó una *wami*, es decir, una trampa en forma de embudo que, al meterla en el agua, permite que los peces entren y no puedan salir. Los hermanos y sus mujeres regresaron felices, enseñaron a las otras familias cómo hacer las *wami* para atrapar peces y los naporuna pudieron alimentarse también con pescado.

Un año después, cuando los hermanos iban de pesca, el *tapya* convertido en mono volvió a aparecer colgado de la misma rama.

—¡Oigan, compadres! ¡Aquí estoy! Tengo algo para ustedes —los llamó.

—¿Qué tienes para nosotros? —preguntó Hermano Mayor.

—Algo que enseñarles —dijo el mono.

Los hermanos lo siguieron a un claro en la selva.

—Miren —les mostró unas plantas que crecían allí.

—¿Qué son?

Hermano Menor las observó con curiosidad.

—Son yuca y maíz. Comida. Deliciosa comida —explicó el mono y a continuación les preguntó si no se hallaban hartos de solo alimentarse de pescado y de la carne de los animales que cazaban.

Los hermanos cosecharon el maíz y la yuca y los llevaron donde su familia.

Las mujeres los cocinaron y comieron con deleite hasta terminarse todo.

—Vamos a pedir al Apústulu que nos regale maíz y yuca —dijo la mujer de Hermano Mayor.

—¡Ay, sí! Estaban deliciosos —dijo la mujer de Hermano Menor, que se veía bastante gordita.

Entonces caminaron hacia el árbol donde habitaba el Apústulu y explicaron que querían que les regalara maíz y yuca.

—Haré algo mejor que dárselos: les enseñaré a cultivarlos —dijo el Apústulu.

Los hermanos y sus mujeres aprendieron a cultivar la tierra y también enseñaron a los otros a hacerlo. Las cosechas fueron muy buenas y todos se sentían felices por tener tanta comida.

Pasó un tiempo y cuando los hermanos iban a sus huertos a sembrar, se encontraron otra vez con el *tapya* con apariencia de mono colgado de la misma rama.

—¡Oigan, compadres! ¡Aquí estoy! Tengo algo para ustedes —los llamó el mono.

—¿Qué tienes para nosotros? —preguntó Hermano Mayor.

—Algo que enseñarles —dijo el mono—. Deben subirse conmigo hasta la copa de este árbol.

Los hermanos treparon detrás del mono.

—Miren, miren —insistió el mono mostrándoles las chacras de las otras familias.

—No vemos nada nuevo —dijo Hermano Mayor.

—Son nuestros primos labrando la tierra —dijo Hermano Menor.

—Pero nadie sabe a quién pertenecen las chacras —explicó el mono y desapareció, dejando este pensamiento clavado en el corazón de los hermanos, que fueron a platicar con sus mujeres y ellas con las de las otras familias, y todos decidieron poner linderos y fronteras entre sus tierras.

Como era de esperarse, esto causó problemas. Cada uno defendía su espacio y terminaba en pelea y de ahí pasó a una guerra entre todos.

Hermano Mayor y Hermano Menor, cansados de tanta violencia, fueron a hablar con el Apústulu para contarle lo que estaba ocurriendo. Esta vez llevaron a todos sus hijos, que eran muchos, además de a sus mujeres.

Apústulu los escuchó con mucha atención.

—No queremos sentirnos limitados a un solo lugar —explicó Hermano Mayor.

—Deseamos poder movernos de aquí para allá sin fronteras y en libertad —pidió Hermano Menor.

El Apústulu se detuvo a meditar.

—Mmmmm, no tener fronteras, ¿han dicho?

El Apústulo se quedó meditando por un momento. Y, al cabo, los convirtió en pájaros para que se cumplieran sus deseos.

Y... ¡Sanseacabó!

La leyenda del Cipitío
(EL SALVADOR)

118   Pues dizque había una viejecita que se pasaba en su casa sentada delante del fogón de la cocina, desde la mañana hasta la noche. Esto no habría sido nada extraño si el fogón hubiera estado encendido para calentar sus viejos huesos, pero lo curioso era que ella pedía que el fogón estuviera apagado. Y, más aún, que lo prendieran durante la noche mientras ella dormía en su habitación para que, al amanecer, la leña estuviera convertida en ceniza. Por este motivo, tenía contratada a una cocinera que solo venía por las noches; preparaba las tres comidas del día y se marchaba después de servir el desayuno a la viejecita.

El comportamiento de la viejecita llegó a preocupar a la hija. No solo se sentaba delante de un fogón apagado, sino que muchas veces la habían encontrado hablando sola, y no solo hablando sola, sino riendo, y no solo riendo, sino que se ponía furiosa de que vinieran a visitarla como si con su presencia interrumpieran la de una importante visita. Además... y eso era lo misterioso del asunto... la ceniza del fogón desaparecía sin que nadie la limpiara.

—Mamá, hemos pensado que sería bueno que vinieras a vivir con nosotros —anunció un día su hija, que vino a visitarla con su hija Paula, la única nieta de la viejecita.

—No te oigo bien. Háblame más alto —pidió la viejecita colocando una mano detrás de la oreja.

—Que venimos a decirte que vivas con nosotros —repitió la hija alzando el tono de voz.

—¿Qué los vecinos son otros? —la viejecita hizo la pregunta mirándola con sus inocentes ojos verdes—. A mí no me importa que vengan nuevos vecinos. De todos modos, los antiguos no me simpatizaban.

—No. No, mamá. Que no te quedes aquí solita —insistió la hija.

—Ah, que la vecina se llama Lolita. Será española. Yo tenía una amiga española, Dolores Villarurdieta, que le decían Lolita.

—¡Ay, mamá, que me tienes inquieta! —se quejó la hija alzando las manos al cielo.

—Sí, sí, Villarurdieta. Me alegro de que te acuerdes de ella —asintió la viejita con la cabeza.

Paula rio tapándose la boca.

—Abuelita, dice mi mamá que la tienes de nuevo inquieta —dijo Paula mirando a la abuela con cariño.

—¡Huyyyy, qué maravilla! ¡Tienes una nueva bicicleta! —se entusiasmó la abuela.

La hija meneó la cabeza y salió a la huerta con la intención de cosechar unas lechugas y zanahorias.

Al encontrarse a solas, la anciana lanzó unas cuantas carcajadas.

—Ji, ji, ji. Tu mamá siempre cae —susurró a Paula.

—Sí, abuelita. Siempre cae. La verdad es que a mí también me gustaría mucho que vinieras a vivir con nosotros —dijo Paula también susurrando.

La sordera de la anciana pareció curarse milagrosamente, puesto que escuchó cada palabra de la nieta.

—Y yo con ustedes, pero ya sabes que no puedo dejar solo a mi amigo. Me hago la sorda para ganar tiempo mientras encuentro una solución —explicó la abuela.

—Quizás él también quiera venir. ¿Le has preguntado? —inquirió Paula sentándose en un banquito junto a la mecedora de la abuela.

—Le he preguntado. El problema es la comida. Ustedes tienen cocina eléctrica y no hay en toda tu casa un solo fogón dónde quemar leña —contestó la abuela.

—Ah, sí. Olvidé que él come ceniza.

La niña apoyó los codos en sus rodillas y sostuvo el rostro con las manos.

Después de un rato de silencio, volvió a hablar. Quería que la abuela le contara la historia de su amigo.

—Pues hace mucho tiempo, cuando yo tenía tu edad, me fui a nadar al río con mis tres hermanas. En un descuido, la corriente me arrastró río abajo.

Yo gritaba y gritaba. Mis hermanas también gritaban y gritaban sin poder hacer nada y el río rugía y rugía llevándome hacia la cascada. En eso vi a un niño que estaba encaramado en una rama de un árbol, por donde me llevaba la corriente. Justo cuando pasé debajo, él inclinó la rama, extendió su brazo y me sacó a la orilla. Mis hermanas lo buscaron para agradecerle y nunca lo encontraron —relató la abuela.

—Pero tú sí, ¿verdad, abuelita?

—Yo sí lo volví a ver. Desde aquel día, cada vez que íbamos a bañarnos al río, alguien nos silbaba, nos tiraba piedrecillas y flores. Mis hermanas se asustaban y salían del agua gritando: "El Cipitío, es el Cipitío". Ya sabes que el Cipitío tiene mala fama. Le dicen que es un travieso, que es molestoso y demás, pero yo le tenía pena. Me habían contado su historia: que lo separaron de su mamá, la diosa Luna, la que se convirtió en la tenebrosa Siguanaba por haber traicionado al dios Sol con el dios Lucero de la Mañana. Que el dios Tlaloc lo maldijo a él también y que nunca puede dejar de ser un niño de diez años, errante por el mundo, panzón y con los pies al revés. "Pobrecito", pensaba yo. Él no tenía la culpa de los pecados de sus padres. Así que me propuse ser su amiga. Además, no olvides que él me había salvado de morir ahogada. Al saber que le gustaba comer ceniza, empecé a llevarla en una cesta. Cuando me casé con tu abuelo, dejé mi casa en la región de San Vicente, nos trasladamos acá y no lo vi durante muchos años, pero hace un tiempo... vino a visitarme. Me explicó que cada vez es más difícil para él continuar viviendo en este mundo moderno, de modo que yo le ofrecí hospedaje.

En ese momento, su hija regresó del huerto.

—Bueno, mamá. Nos tenemos que ir. Seguiré tratando de convencerte —dijo besando la frente de la anciana y tomando a Paula de la mano.

—Pues a mí también me ha encantado verte —repuso la anciana guiñando un ojo a Paula.

Pasaron los años y la anciana se puso más anciana y más sorda cuando llegaba la hija a tratar de llevarla a su casa. Durante una noche, su alma se fue al cielo. La hija llegó anegada en llanto junto con su marido y con Paula. Paula también lloraba. ¡Extrañaría mucho las historias de la abuela! Claro que ahora que era grande no las creería, pero había sido divertido escucharlas. ¡El Cipitío! ¡Qué imaginación la de su abuelita!

Paula escuchó que su mamá la llamaba.

—Mira. ¿Qué es eso?

Su mamá señaló el fogón apagado.

Allí, en medio de las cenizas, estaba un ramillete de flores del campo rodeado por un corazón de piedrecillas del río.

Y... ¡Sanseacabó!

El mito de la Siguanaba
(EL SALVADOR)

Cuentan los abuelos que cuando Sihuet, la Luna, y el Sol eran jóvenes, se enamoraron. El Sol prometió amarla para siempre y cuidar de su celestial cuerpo para que continuamente brillara. Ella también prometió amarlo y serle fiel mientras pudiera brillar sobre la Tierra.

Pero las leyes del universo son inflexibles. Una noche, justamente cuando la Luna se adornó con un círculo rojizo para verse más bonita, el Sol tapó su luz. Era un eclipse solar que ella desconocía y él también.

—¿Qué te sucede? ¿Por qué no me permites brillar sobre la Tierra? —reclamó Sihuet decepcionada.

¿Acaso el Sol había dejado de amarla y era una provocación?

—No me eches a mí la culpa, como siempre... —se quejó el Sol.

—¿Ah, no? Pues será mi culpa, ¿no? —argumentó la Luna en tono irónico.

—Mejor no hablemos. No deseo oírte y punto —precisó el Sol y con eso ni el uno ni la otra hicieron el menor intento de dialogar para arreglar las cosas.

Mientras tanto, el dios Lucero de la Mañana, que siempre había tenido puesto el ojo en la Luna, vio que se le presentaba la ocasión precisa de conquistarla.

—Pobrecita, Sihuet. ¡Qué incomprendida eres, mi vida! —le dijo el Lucero de la Mañana con tono melodramático.

La Luna aceptó que así era. Que ese Sol idiota no la amaba para nada y que no la comprendía, que era un bruto creído, un arrogante, un brilloso cabeza hueca, un groserote. ¡Mandarla a callar a ella!

Con todo esto estaba de acuerdo el dios Lucero de la Mañana. Cuando la Luna se quedó sin más insultos que decir contra el Sol y se puso a llorar, el Lucero de la Mañana empezó a enamorarla.

—No llores, no llores. Así pasa cuando sucede. No todo lo que brilla vale la pena. Hay otros que brillamos menos pero amamos más... —y el Lucero de la Mañana continuó con frases por el estilo hasta que la Luna quedó convencida de que había perdido el tiempo con el Sol y que era el Lucero quien merecía su amor.

Esto causó una cadena de acontecimientos: el Sol se quejó ante el dios Tlaloc, padre de su mujer, acerca de su traición. Y, para complicar todavía más el asunto, Sihuet tuvo un hijo con el dios Lucero de la Mañana. Tlaloc, ante esta evidencia, maldijo a la hija y al nieto y los expulsó del firmamento. Se sospecha que Tlaloc escogió a otra de sus hijas para hacer el papel de Luna, puesto que todavía brilla allá arriba.

Así, pues, Sihuet fue degradada de su condición de diosa, a ser una mujer errante que engaña a los hombres con su belleza para después presentarse como un horrible espectro y llevárselos. Y su hijo, llamado Cipit, que en idioma náhuatl significa "criatura", a mantenerse eternamente como un niño de diez años que, separado de su madre, también vaga sin rumbo fijo. De estatura acorde a su edad, es barrigón, con los pies al revés y rostro pícaro. Usa sombrero de paja, puntiagudo de grandes alas. Se alimenta de cenizas, le gusta frecuentar los ríos para espiar a las muchachas mientras se bañan y les silba en tanto arroja piedrecillas y flores.

Volviendo a Sihuet, su nombre fue cambiado a Siguanaba y, una vez en la Tierra, empezó a causar verdadero terror entre los hombres, especialmente entre aquellos que, teniendo novia o esposa, buscaban otros amores.

Un atardecer, Pedro Serrano se despedía de su suegra, doña Serafina, después de dejarle una encomienda enviada por su mujer. En el camino quedaba la casa de Rosa Elena, una antigua novia suya, y sintió deseos de saludarla antes de retornar a su hogar.

—Espera, Pedro, se te hará de noche en el camino. Mejor te vas mañana tempranito —propuso la suegra, que olió algo en el ambiente y no era precisamente pescado podrido.

—No se preocupe, doña Serafina. Hoy cabalgo en Trueno. Este caballo es veloz y en poquito me llevará de vuelta —repuso Pedro atusándose el bigote mientras miraba su reflejo en el espejo del recibidor.

—Cuidado, que no vaya a ser la Siguanaba quien te lleve. Quédate, te lo digo yo —advirtió doña Serafina mirándolo de frente con ese sexto sentido que tienen las suegras.

Pedro se sonrojó pero se negó a aceptar la invitación.

—Espera, hijo. Si de algo te sirve, recuerda que a la Siguanaba no le gusta que la llamen por el nombre de la madre de Dios. A la primera vez, se detiene; a la segunda, se asusta; y a la tercera, desaparece —aconsejó doña Serafina, quien no quería que su hija quedara viuda.

Pedro montó en su caballo y cabalgó de regreso. Al acercarse a la casa de Rosa Elena, aflojó el galope a un trotecillo ligero. La noche había caído como un manto negro. En una ventana brilló la luz de una vela. Pedro desmontó. Miró dentro. Allí estaba Rosa Elena cepillándose el cabello. Pedro golpeó el vidrio con los nudillos. Ella se sobresaltó y se acercó a la ventana. Una sonrisa apareció en su rostro al reconocerlo y dio media vuelta.

Pedro se quedó esperando. Entonces sintió que un cuerpo se pegaba a su espalda y unas manos lo abrazaban por la cintura.

—Caray, qué manera tan silenciosa tienes de salir, Rosa Elena, si ni siquiera escuché abrirse la puerta —dijo Pedro encantado del recibimiento que le daba su antigua novia.

Ella no dijo nada y continuó arrimándose más contra él. Poco a poco lo fue empujando hacia un lado de la casa, donde había una quebrada.

—Espera, tontita, mejor entremos a tu casa —pidió Pedro.

En ese instante una puerta se abrió.

—Pedro, Pedro. ¿Dónde estás? Entra a tomarte un cafecito —escuchó decir.

Pedro no pudo contestar. Una mano tapaba su boca. Si Rosa Elena lo abrazaba por detrás, entonces, ¿quién lo llamaba desde la puerta?

Puso su mano encima de la que estaba en sus labios y sintió que era huesuda. Ya no le quedó duda:

¡era la Siguanaba! La trató de arrancar sin lograrlo. Zarandeó la cabeza lo mejor que pudo ya que aquel abrazo lo aprisionaba como tenazas. Se sintió arrastrado hacia la quebrada. Entonces recordó a su suegra, o mejor dicho, lo que ella le aconsejó.

—¿Mmmaría, a dónde me llevas? —alcanzó a decir y sintió que la mano huesuda se aflojaba ligeramente—. María, ¿no me darás un beso? —dijo a viva voz y la mano huesuda abandonó su rostro.

Volteó la mirada y se encontró con el espectro más terrorífico que se hubiera podido imaginar. Era una calavera con las cuencas de los ojos echando llamaradas y los cabellos enredados volando al viento. Al sentir que le fallaban las fuerzas, gritó:

—¡No me sigas, María!

No bien terminó de decirlo, el espectro desapareció lanzando alaridos de rabia.

Pedro montó en su caballo y se fue a galope tendido directito a su hogar. Nunca más volvió a pensar en otras mujeres que no fueran su esposa, sus hijas y, de vez en cuando, la suegra, puesto que gracias a su consejo no se lo llevó la Siguanaba.

Y... ¡Sanseacabó!

La leyenda de Manuelita, la Tatuana (GUATEMALA)

Pues dizque en épocas de la Colonia, antes de que la antigua capital de Guatemala, Santiago de los Caballeros, se trasladara a donde está ahora a causa del terremoto, llegó a vivir en ella una mujer de excepcional belleza que nadie tenía idea de dónde venía ni cómo había llegado. Por supuesto que las diferentes conjeturas corrieron como pólvora entre las vecinas celosas y los vecinos ojialegres.

—Ay, no, no, no. Una mujer de ese aspecto no puede ser buena —aseguró una vecina que era dueña de la tienda de abarrotes.

—Pues yo creo lo contrario, doña Candelaria. Una mujer de ese aspecto debe ser buenísima —contestó un vecino viudo y bastante mayor que había ido a hacer compras—. No puedo esperar a que me la presenten —añadió.

—¿Quién se la presentará, don Carlos? Si nadie la conoce... Ni siquiera sabemos su nombre. No sale a ningún lado, ¡ni a misa! —replicó doña Candelaria en tono escandalizado.

Y, como llamada por aquellos comentarios, apareció en la puerta una mujer joven, de rostro ovalado, ojos oscuros y enormes bordeados por largas y rizadas pestañas, de cabellos negros azabache peinados en dos gruesas trenzas. Se cubría con un manto de seda que terminaba en largos flecos que se movían al ritmo de los diminutos pies.

—Buenos días —saludó la muchacha.

Doña Candelaria frunció el entrecejo. Aquella voz cantarina solo se podía lograr haciendo gárgaras con huevo crudo y agua de rosas. ¡La muy vanidosa! Don Carlos trató de contestar el saludo pero le salió un cacareo:

—¿Có-co-co-mo está usted?

Dos hoyuelos se formaron en las mejillas de la muchacha. Los labios dejaron a la vista unos dientes pequeñitos y blancos mientras la sonrisa fue directo al rostro del viudo. Don Carlos tuvo que agarrarse del mostrador para no perder el equilibrio.

—¿Podría venderme agua de rosas? Aquí traigo una botellita —dijo ella alargando un brazo torneado y una mano de finos dedos.

La manta resbaló dejando al descubierto sus hombros.

Doña Candelaria la miró con atención y se dio la razón. ¡Aquella vanidosa! Claro, agua de rosas... Con un gesto de antipatía tomó la botella para llenarla con el pedido.

Mientras tanto, don Carlos trataba de encontrar su lengua, que parecía que se la hubieran cortado. Entonces dejó de cacarear y pasó a mugir.

—Mu-mu-muuucho gusto, señorita. Carlos Figueroa, a su mandar —extendió la mano, que ella apenas rozó con los dedos—. ¿Señorita...? —añadió dejando a propósito en suspenso la pregunta.

Esa era su oportunidad de conocer el nombre de tan hermosa aparición. La tendera también paró la oreja para escuchar mientras llenaba el frasquito con agua de rosas. Se hizo un silencio incómodo.

La muchacha se alzó de hombros, como si pensara que no le quedaba otra salida más que presentarse.

—Manuela —se presentó.

—Ah, Manuelita. ¡Un hermoso nombre para una hermosa mujer! —expresó don Carlos ya entrando en confianza.

Doña Candelaria refunfuñó algo entre dientes y le entregó el frasco. Manuela extrajo una bolsita del bolsillo de su amplia falda, pagó, se despidió con una sonrisa y una inclinación de cabeza y salió con aquella gracia y donaire con la que había entrado.

—¡Ayyayay! ¡Si tuviera cuarenta años menos! —suspiró don Carlos.

—Pues mejor que no sea así. ¿O quiere terminar hechizado? Esa mujer tiene algo extraño. ¿Acaso no notó cuando se le resbaló el manto, que en el brazo tenía un tatuaje de un barco?

La tendera escudriñó a don Carlos.

Pero la mirada de don Carlos se había quedado prendida en los hermosos hombros y lo del tatuaje le había pasado desapercibido.

Así pues continuó transcurriendo el tiempo y el nombre de Manuelita, la Tatuana, como la empezaron a llamar, estuvo de boca en boca. Es que resulta que la hermosa muchacha sabía adivinar la suerte al ver las líneas de la mano, en las barajas, en las hojas de té y curar enfermedades con pociones, jarabes y cremas que ella misma elaboraba. Además, proporcionaba amuletos para los amores y desamores.

Debido a estas habilidades, las mismas mujeres que antes la despreciaban empezaron a buscarla. Que el novio de la una se fue con otra; que el novio de la otra quería que volviera con él; que la primera ya no quería a su novio sino al de la otra. En fin, un trabalenguas o mejor dicho, un "trabacorazones" que la Tatuana trataba de arreglar lo mejor que podía con la sonrisa en los labios.

Estando así las cosas, doña Candelaria, la dueña de la tienda, fue a visitarla.

—Manuelita, ayúdeme, por favor. Le pongo las manos —pidió doña Candelaria.

—Cuénteme. ¿Qué se le ofrece? —preguntó con su acostumbrado tono amable.

—Es mi marido. Imagínese que de repente quiere abandonarme —contó llorando doña Candelaria.

—No se preocupe —propuso Manuelita, la Tatuana—. Aquí tengo un pedacito de cuero. Esta misma noche repita tres veces: "Cuerito, cuerito, que no se marche mi maridito", lo coloca debajo de la almohada de él y verá que se quedará a su lado.

La mujer tomó el cuerito, se lo guardó y, antes de irse, curiosa como era, le hizo la pregunta que le quemaba la punta de la lengua.

—Perdone la impertinencia, Manuelita, pero cuando la vi por primera vez no pude dejar de notar que en su brazo usted lleva tatuado un barquito y...

—Y se lo contó a todo el mundo —interrumpió Manuela sonriendo con ironía.

—Ess-te, sí, por lo bonito. Me gustaría saber ¿qué historia hay detrás? ¿El recuerdo de algún amor que se hizo a la mar? —insistió doña Candelaria, que una vez que comenzaba a investigar era más incansable que un perro sabueso.

—No, no. No tiene nada que ver con romance. Me lo hizo mi padre adoptivo. Es decir, el hombre que me crió y enseñó todo lo que sé. Yo soy huérfana. Antes de morir me protegió con este tatuaje. —Manuela habló como en sueños y se quedó callada abruptamente. Después, sacudió la cabeza y parpadeó varias veces, como si regresara de algún lugar de su pasado—. Vamos, doña Candelaria. Váyase a su casa y ponga en práctica mi consejo —insistió guiándola hacia la puerta de salida de su casa.

Las últimas preguntas de la mujer se quedaron colgadas del dintel de la puerta.

—¿Protegerla? ¿Un tatuaje de un barquito velero? ¿Cómo?

Doña Candelaria cumplió a pie de la letra lo indicado, y su marido no volvió a mencionar que había querido marcharse.

Entretanto, la fama de Manuelita se extendió por toda la ciudad de Santiago de los Caballeros con la misma fuerza que comenzaron los temblores de tierra y la insistencia de don Carlos Figueroa, quien se había enamorado de cabeza de la bella muchacha.

Lo cierto es que un diálogo se repitió muchos atardeceres entre don Carlos, de pie en la acera, y Manuelita desde la ventana.

—Acépteme, Manuelita, sea mi esposa.

—Por favor, don Carlos, deje de insistir.

—Mire, yo seré feliz los últimos años de mi vida y usted será una viuda rica.

—No me interesa el dinero. Buenas noches.

La hermosa muchacha se retiraba de la ventana y don Carlos se quedaba frustrado. Una frustración que convirtió su pasión en odio.

Así, una noche, mientras ella se despedía, él gritó desaforado:

—¡Bruja! ¡Bruja! ¡Eres una bruja que me has hechizado para hacerme sufrir y burlarte de mí!

De ahí en adelante, la vida de Manuelita se volvió un calvario. Cada vez que no podía ayudar a la gente en sus problemas, se volvían contra ella tachándola de bruja. Las cosas empeoraron cuando la Tatuana pidió a doña Candelaria que le devolviera el cuerito con el argumento de que lo necesitaba para otra esposa desesperada. Pues sucedió que al desaparecer el cuerito de la casa de doña Candelaria, también desapareció el marido. Por supuesto que la furia y el dolor de la esposa abandonada encontraron solaz en culpar a Manuela y sus hechizos malignos.

Tanto se habló de esta hechicera, que el cuento llegó a oídos del gobernador, quien ordenó llevarla presa a uno de los calabozos del Palacio de Gobierno para ser juzgada por brujería.

La juzgaron al apuro y con verdadera ansia de encontrarla culpable. Bajo estas circunstancias, no podía menos que suceder que la condenaran a morir ahorcada al día siguiente. Dicen que ella nunca dejó de sonreír con su manera habitual, ni se defendió, ni lloró, tan solo pidió un carbón aludiendo que quería distraerse dibujando mientras esperaba su sentencia.

De madrugada, cuando llevaron a un sacerdote para que la confesara, encontraron que la celda estaba vacía. Manuelita, la Tatuana, había desaparecido. En una pared estaba dibujado con carbón un barco velero.

Y... ¡Sanseacabó!

El mito de los gemelos del Popol Vuh
(GUATEMALA)

Cuentan los abuelos que uno de los dioses principales de los mayas se llamaba Corazón del Cielo/Corazón de la Tierra, que era a la vez padre y madre. Cuando el mal apareció en la Tierra, en la forma de semidioses arrogantes y crueles, Corazón del Cielo/Corazón de la Tierra envió a un par de gemelos llamados Hun-Hunahpú y Vucub-Huanhpú a destruirlos. Ellos eran grandes jugadores del tradicional juego de pelota maya. Los demonios de Xibalbá, el inframundo, los escucharon jugando y los desafiaron a bajar y competir contra ellos. Los demonios les tendieron trampas y los decapitaron. La cabeza de uno fue enterrada junto con los cuerpos de los dos en un lugar secreto y la cabeza del otro fue colgada de un árbol de jícara. El árbol se cubrió de frutos tan parecidos a la cabeza de un gemelo, que no se distinguía entre ellos. Pues bien, en esta parte del relato aparece la diosa Xquic o Dama de Sangre. Desde que escuchó hablar de la historia de los gemelos Hun-Hunahpú y Vucub-Huanhpú y de aquel árbol quiso verlo con sus propios ojos. Mientras admiraba el árbol, sintió un escupitajo en la mano que provenía de la cabeza de Hun-Hunahpú y, de esas cosas raras que pueden suceder, la Dama de Sangre se quedó embarazada y dio a luz también a gemelos. Los nombró Hunahpú (Cazador) e Ixabalanqué (Pequeño Tigre). A los dos también les gustaba mucho el juego tradicional de pelota maya. Una mañana en que se encontraban jugando, escucharon un vozarrón que brotaba del suelo.

—¿Quién se atreve a molestar nuestro descanso?

—Somos nosotros que estamos jugando pelota —dijo Hunahpú.

—¿Ah, sí? Pues los desafiamos a un juego —propuso otro vozarrón.

—¿Quiénes nos desafían? —preguntó Ixabalanqué.

Los vozarrones contestaron que eran los principales señores del inframundo.

Los gemelos aceptaron el desafío y partieron a encontrarse con ellos, sabiendo que eran los mismos demonios que habían decapitado a su padre Hun-Hunahpú y a su tío Vucub-Huanhpú. Además del deseo de vencerlos, querían encontrar dónde se hallaban enterrados sus cuerpos.

Ya cerca a la entrada a Xibalbá, el inframundo, vieron a un grupo de personajes sentados.

—Espera —pidió Hunahpú—. Creo que deberíamos averiguar quiénes son.

Hunahpú se arrancó un pelo, lo convirtió en xan, el mosquito, y le pidió que fuera a investigar. Xan los picó uno a uno. Algunos se quejaron de la picadura y otros ni se movieron. Así supieron los gemelos cuáles eran los demonios. Los otros eran figuras de madera. Además, averiguaron sus nombres, puesto que xan se los contó.

Enseguida de que Hunahpú e Ixabalanqué cruzaran la entrada del palacio, los señores principales de Xibalbá les ordenaron que saludaran a todos los allí presentes si no querían ser castigados.

Los gemelos saludaron por sus nombres a los demonios y se burlaron de los muñecos.

Los principales señores de Xibalbá se asombraron. Esa había sido una de las trampas que tenían preparadas para los gemelos. Acto seguido, les pidieron que tomaran asiento en unas grandes piedras.

Ixabalanqué codeó a su hermano antes de que se sentara y dijo:

—No queremos quemarnos las posaderas.

¡Y es que las piedras estaban que ardían!

Esta vez los principales señores de Xibalbá se enfurecieron. Esa había sido la segunda trampa que tenían preparada para los gemelos.

Entonces los enviaron a la Casa de las Tinieblas.

Un demonio llegó con una canasta.

—Tengan —dijo entregándoles cigarros y antorchas—. Deben fumar los cigarros y prender las antorchas durante toda la noche. Yo estaré afuera y veré el resplandor. Pero, por la mañana deberán devolverlos tal y cual están ahora.

—¡¿Cómo haremos para consumirlos y dejarlos enteros al mismo tiempo?! —se preguntaron los gemelos.

Sin embargo, eran muy listos y en vez de encender las antorchas les pegaron plumas rojas que sacaron de sus tocados y, para no fumar los cigarros, consiguieron luciérnagas que alumbraran los extremos. De esta manera, daba la impresión de que la luz que salía por las rendijas de la puerta era producto del fuego.

Pues los demonios se endemoniaron todavía más al verse vencidos por los gemelos. Como aún tenían que pasar por más pruebas, los enviaron a la Casa de los Cuchillos, que estaba repleta de filudas piedras de obsidiana; a la Casa del Hielo; a la Casa de los Jaguares, y a la Casa del Fuego. De cada casa, Ixabalanqué y Hunahpú lograron salir victoriosos pero... cuando los enviaron a la Casa de los Murciélagos, su suerte pareció abandonarlos. Antes de salir, un murciélago cortó la cabeza a Hunahpú.

Los demonios la colocaron en la cancha donde jugaban el juego de pelota maya.

Ixabalanqué se limpió las lágrimas de un manotazo y decidió salvar a su hermano. Para ese efecto, se reunió con todos los animales para buscar ayuda. El conejo tuvo un plan.

Comenzó el juego. Los demonios de Xibalbá estaban tan seguros de que ganarían que lanzaron la pelota directo al aro pero cayó en el otro lado. Allí esperaba el conejo con las orejas bien gachas para aparentar ser la pelota de hule. Entonces, dio un salto y todos los demonios fueron detrás de él. Mientras esto sucedía, Ixabalanqué volvió a colocar la cabeza en el cuerpo de Hunahpú.

Cuando los demonios regresaron, los dos gemelos los esperaban orgullosos. Habían vencido las pruebas y el juego pero todavía les faltaba encontrar el cuerpo de su padre y de su tío.

Como premio a su valor y constancia, Ixabalanqué y Hunahpú fueron conducidos donde estaban enterrados los cuerpos de su padre Hun-Hunahpú y de su tío, Vucub-Huanhpú, los primeros gemelos.

Los gemelos sintieron que en sus corazones nacía la paz y empezaron a brillar. Se elevaron hacia el firmamento y se convirtieron en el Sol y la Luna.

Y... ¡Sanseacabó!

La leyenda de la lluvia de peces
(HONDURAS)

Pues dizque corría el año 1807 cuando nació Manuel de Jesús y Subirana en la ciudad de Manresa, en Barcelona. Para su padre, que ansiaba tener un hijito varón después de cuatro niñitas, fue todo un acontecimiento y, más aún, cuando vio que entre la nuca y el cuello tenía cinco manchitas diminutas y rojas que iban una debajo de la otra cruzadas por otras cuatro formando una cruz.

—¡Que este niño está destinado a trabajar en una gran obra de Dios! —aseguró el padre a la feliz madre.

Manuelito creció travieso, retozón e inquieto, aunque desde pequeño demostró una gran fe. Ya de adolescente entró al monasterio y se hizo sacerdote. Quizás fue una coincidencia o una Diocidencia, más bien dicho, cuando Manuel de Jesús y Subirana fue uno de los sacerdotes escogidos para ser enviado primero a Cuba y luego a Honduras.

—Padre Subirana, el lugar donde usted está destinado es muy complicado y peligroso. Inclusive podría decir que su vida correrá peligro —le advirtió el obispo.

—Tengo ya casi medio siglo de vida, monseñor —contestó el padre Subirana, quien había cumplido cuarenta y nueve años de edad—. Si el Señor me ha traído acá, será para descomplicar las cosas y hacer su obra. No se preocupe.

Y así, apoyado en su fe, empezó por el principio: aprender la lengua tol, hablada por los xicaques, e irse a vivir con ellos en el departamento de Yoro.

Claro que no fue nada fácil la tarea que se había impuesto. Especialmente porque el cacique Cohayatbol se negaba a verlo y peor conversar con él. Hasta que un día el cacique cayó enfermo con un dolor de cabeza tremendo y el padre Subirana pidió que lo recibiera.

—Acepto que venga el extranjero. Si no puede curarme de este dolor, será prueba de que miente y lo sacrificaremos —amenazó el cacique.

El padre Subirana se presentó, oró y el cacique se curó.

Se hicieron amigos y, entre charla y charla, el sacerdote logró que el cacique dejara de lado al dios Malotá, el dios del mal, y se convirtiera al cristianismo.

Yoro, en esa época, era un pueblecito pobre que dependía de la agricultura para sobrevivir y es sabido que la agricultura, a su vez, depende de la lluvia; que si no llueve para nada, todo se seca y es un desastre; que si llueve demasiado, todo se pudre y es también un desastre. Poco sabían sus pobladores que con la venida del padre Subirana iban a presenciar una lluvia milagrosa, diferente a todas.

Yoro estaba pasando por la peor sequía en años y doña Hambruna rodeaba la comunidad. Primero, se llevó al ganado que caía muerto convertido en pellejo y huesos levantando polvaredas en la tierra seca. Después, empezó a llevarse a los humanos más débiles: niños y viejos.

Entonces, la gente fue a buscar al padre Subirana en su pequeña iglesia, que todavía estaba en construcción. Era finales del mes de junio.

—Por favor, Padre, si pudiera rezar a Dios para que llueva —pidió un agricultor, quien había sido elegido el representante de los demás.

—Que haya comida —intervino un niño de mejillas flácidas y pálidas.

—Que llueva, que llueva, que llueva —insistió el agricultor.

Se escucharon murmullos de aprobación.

—Primero que haya comida —insistió el niño.

También se levantaron murmullos de aprobación.

Como era de esperarse, se formaron dos grupos: uno que pedía lluvia y el otro que pedía comida de inmediato.

—¡Paciencia! ¡Paciencia! Yo no hago milagros. Es el Señor quien los concede. Vamos a orar juntos —sugirió el padre Subirana.

Así que se dirigieron a lo alto de una colina rodeada por un pantano, donde se encontraba un galpón grande que hacía las veces de escuela. Cerraron las ventanas, la puerta y todos se pusieron de rodillas a orar.

El padre Subirana oró quedito, sin que nadie escuchara:

—¿Qué hacemos, Señor? Ya ves que un grupo quiere lluvia y otro quiere comida y, rapidito, porque se mueren de hambre. Por favor, ayúdanos. Te doy gracias desde ya por concedernos un milagro.

Ni bien terminó de santiguarse, escuchó un trueno y otro y otro más. Enseguida una lluvia copiosa empezó a golpear el techo. La lluvia y algo más que caía con fuerza.

Al cabo de tres horas, cuando terminó de llover, abrieron las puertas del galpón y la gente corrió afuera.

¡Se quedaron estupefactos!

Miles de peces brincaban en la sabana. Las mujeres ayudadas por las niñas corrieron a recogerlos en sus mantos, y los hombres y los niños en sus sombreros mientras gritaban:

—¡Milagro! ¡Milagro celestial!

Las lluvias continuaron, los campos volvieron a verdear y la gente comió pescado frito, sancochado, al carbón, al ajillo, estofado... hasta hartarse.

Y desde aquel junio de 1858, la lluvia de peces se repite todos los años entre los meses de mayo y julio. Razón por la cual hay una canción popular que dice así:

¿Dónde es que hay lluvia de peces
cual milagro celestial?

¡En Yoro, Honduras, por supuesto!
Y... ¡Sanseacabó!

El mito de Nikté-ha (Flor del Agua) (HONDURAS)

Cuentan los abuelos que cuando el dios maya Corazón del Cielo/Corazón de la Tierra creó el lago Yojoa, lo adornó con una planta en la mitad de sus aguas. Entre las hojas brotó un capullo que se abrió lentamente, pétalo por pétalo, hasta formar una flor digna de adornar la belleza del lago. El dios la llamó Nikté-ha, Flor del Agua.

Corazón del Cielo/Corazón de la Tierra miró a la bella flor con admiración y amor. Las aguas mecieron suavemente la planta como acunándola y... ¡zummmmm! de allí surgió la figura de una jovencita de cabellos largos y oscuros que cubrían todo su cuerpo.

—¡Bienvenida, hija! —se alegró Corazón del Cielo/ Corazón de la Tierra, que era padre y madre a la vez.

La hermosa diosa se quedó a vivir en el lago, a veces con apariencia de flor, y otras como una jovencita.

Los alrededores del lago se poblaron y la gente se dedicó a la pesca considerándose muy afortunada de vivir en un lugar sagrado y cuidaban de no tocar con sus redes a Nikté-ha. El chamán advirtió que si algo malo sucedía con la flor, su pueblo sería destruido por la inundación.

Pues sucedió que un día, Nanké, el hijo del cacique de Yojoa, salió en su canoa a pescar. Era casi el atardecer, los rayos del sol volvieron a las aguas del lago color del oro sagrado. Nanké lazó su red una y otra vez sin lograr pescar nada. Molesto como solo los hijos de los caciques saben ponerse al no conseguir lo que quieren, remó hacia Nikté-ha.

—Dicen que tú eres una diosa, la diosa del lago. Pues me gustaría que me ayudaras a conseguir una buena pesca —se dirigió a la flor—. No estaría bien que yo, el hijo del cacique, llegara con las manos vacías —añadió.

Nanké pudo jurar que la flor rezongó:

—A mí qué me importa.

—De qué sirve que seas una diosa si no puedes ayudarme con algo tan sencillo —se quejó Nanké malhumorado.

Los pétalos de la flor se abrieron y de allí surgió una jovencita.

La ira de Nanké desapareció al quedar sus ojos prendidos en los ojos de Nikté-ha.

—¿Que de qué sirve qué? —trató de averiguar Nikté-ha con las manos en la cintura.

Nanké sentado en su canoa no pudo contestar. Le ardió la cabeza, le temblaron las manos, la vista se le oscureció, sintió mareos y le dieron ganas de reír a carcajadas. Todo al mismo tiempo. El hijo del cacique estaba enamorado por primera vez.

—¿Qué quieres? —insistió Nikté-ha ya más calmada.

Y es que ella también había tenido tiempo de observarlo y, la verdad sea dicha, Nanké no era ningún pellejo de pollo muerto. Era guapo y bien guapo.

—Esposa a ti quiero te —balbuceó Nanké pero se corrigió de inmediato—. Yo te quiero a ti como esposa.

—Mejor te olvidas de mí. No puedo pertenecer a ningún mortal —repuso Nikté-ha y lo dijo en tono de tristeza. (Ya se mencionó que el muchacho no se veía para nada mal).

Y desapareció otra vez dentro de la flor del agua.

Nanké volvió al poblado completamente desolado.

Al escuchar lo sucedido, el cacique llamó al chamán. Entre los dos amonestaron al muchacho.

—¿Enamorado de una diosa? ¿Estás loco? —reclamó el cacique furioso e insistió que solo un ingenuo, un tonto, se enamora de una diosa.

—Tú me decías que yo era una diosa para ti —le recordó de mal talante la esposa y madre de Nanké.

—Eso es diferente, Gota de Rocío —se defendió el cacique ruborizándose—. Pero lo de este muchacho irresponsable puede causarnos la destrucción del poblado.

—¡La inundación y la muerte! —exclamó el chamán alzando las manos—. Provocarás la ira de los dioses. Ella representa la pureza de la naturaleza.

—¡Es que yo la amo! ¡La amo, la amo, la amooo! —repitió Nanké como un eco, con esa tozudez proveniente del amor.

—No vuelvas a acercarte donde ella nunca más. ¡Te lo ordeno yo! —exigió el chamán con voz de trueno.

A pesar de todo, Nanké volvió al lago en su canoa esperando ver a su amada sin lograrlo. Sin embargo, por más que remaba alrededor de la flor del agua, la bella diosa no apareció.

Quizás ella también tenía un diálogo igual con su padre/madre acerca de su amor por un mortal. Eso nunca lo sabremos.

Lo cierto es que un atardecer, cuando Nanké pensaba regresar sin haber logrado verla, la flor se abrió y en su lugar apareció Nikté-ha.

—Puedes verme de lejos pero jamás podrás tocarme. Yo simbolizo la pureza de la naturaleza y nada debe mancillarme. El castigo es terrible: tú morirás y tu pueblo perecerá ahogado por una inundación. Solo quería decirte que nuestro amor es prohibido —explicó Nikté-ha con una voz dulce y llena de melancolía antes de desaparecer otra vez.

De todo lo que escuchó, lo que se quedó grabado en el cerebro del joven fue aquello de "nuestro amor". Si ella también lo quería, él debía hacer algo. Entonces, decidió raptarla.

Al amanecer del siguiente día, empujó la canoa al lago y, fingiendo que pescaba, se acercó más y más al lugar donde flotaba la flor del agua. Su plan era atraparla y conseguir que aceptara escapar juntos.

Cuando el sol pintó de dorado las aguas, Nikté-ha surgió. Nanké la agarró de una mano y se preparó para lanzar la red. Ella no trató de huir y sus ojos se llenaron de lágrimas que cayeron en el agua con un plin, plin, plin, igual al sonido de lluvia.

Sorpresivamente, un enorme lagarto se introdujo en la laguna. Nadó debajo de la canoa de Nanké, la viró de un coletazo y el cuerpo de Nanké jamás apareció.

Esa noche el poblado se reunió antes de partir. Llevaban todas sus pertenencias a cuestas y el corazón pesado por la tristeza. Debían trasladarse a otra comarca. No podían correr el riesgo de ser castigados por los dioses con una inundación. Al despedirse del lago, notaron que en vez de una flor de agua había cientos flotando. Eran las lágrimas que Nikté-ha derramó. Más tarde, la gente que abandonó sus hogares junto al lago fundó el pueblo de San Francisco de Yojoa a mucha distancia de allí.

Y... ¡Sanseacabó!

La leyenda de la Llorona
(MÉXICO)

Pues dizque antes de la llegada de los españoles a México, una mujer vestida de blanco, con parte de los cabellos sueltos a la espalda y el resto cruzados en la frente, anunciaba este desastre. Iba por calles y mercados sollozando y gimiendo.

—¡Mis hijos, mis pobres hijos! —gemía un atardecer.

—Miren, ahí está la mujer otra vez. ¿La ven? —preguntó el sacerdote principal que se encontraba aquel atardecer con otros dos en lo alto de una pirámide.

—La vemos —aseguró el sacerdote más viejo.

—Y la escuchamos —añadió el sacerdote más joven.

—Es la diosa Cihuacoaltl. Me ha sido revelado en el último sacrificio —aseguró el sacerdote principal con el rostro tenso a la luz de las antorchas.

—Llora por sus hijos. ¿Quiénes son sus hijos? —preguntó el más joven.

El sacerdote principal y el anciano lo miraron con desaprobación. La juventud de aquellos tiempos no se preparaba para nada ni tenía los conocimientos que ellos habían poseído a su edad.

—Nosotros somos sus hijos. Cihuacoaltl llora por nosotros —explicó el sacerdote principal con cierta impaciencia.

—Llora porque nos espera una gran tragedia. La vida, como la conocemos, terminará y comenzará una era oscura y dolorosa —intervino el sacerdote más viejo.

A lo lejos escucharon los sollozos de la figura de blanco que se perdía por las calles.

—¡Mis hijos! ¡Mis pobres hijos!—repitió llorando hasta que su voz se convirtió en una llovizna.

Después, las sombras se la tragaron.

Pasaron dos siglos. Dos siglos en los cuales la vida cambió para los aztecas, los hijos de Cihuacoaltl. Dos siglos luego del llanto que la diosa derramó al conocer en visiones el futuro doloroso que esperaba a sus hijos.

Durante aquel tiempo, las dos culturas se unieron en un hermoso mestizaje. Costumbres, comidas, arte y música, todo se convirtió en una amalgama de colorido y de belleza.

Un atardecer, en la cocina de una familia mexicana, la abuela contaba una leyenda a sus dos nietos.

La razón era que en el último mes los vecinos del barrio habían escuchado los lamentos de una mujer.

—Pues no es nada nuevo que se escuchen esos sollozos. Ya los escuchábamos cuando yo era niña —doña Guadalupe se detuvo, cambió su voz por una aguda y gritó—: ¡Mis hijos! ¡Mis pobres hijos! Y sabíamos quién se lamentaba así —añadió en tono de misterio.

—¿Quién era, abuelita? —se interesó Rosa María, una niña de ocho años.

— No es: "¿Quién era?", mejor di: "¿Quién es?". ¿No ves que todavía existe? —intervino Raymundo, que a sus diez años se sentía dueño de mucho conocimiento.

—Es la Llorona. El fantasma de una mujer que vaga por el mundo sin poder descansar en paz —explicó doña Guadalupe.

Rosa María decidió sentarse a los pies de la abuela y abrazó a su muñeca de trapo.

—¡La Llorona! ¿Y por qué llora? —se interesó Raymundo.

—Ay, hijito. Son muchas las historias que cuentan sobre la Llorona. Todas dicen que viste con un traje blanco y cubre su rostro con un velo espeso, también blanco. Decían que caminaba con paso lento, lento, lento, llorando y llorando, siempre siguiendo el mismo rumbo hacia la Plaza Mayor, donde se arrodillaba mientras lanzaba agudos y tristísimos gemidos. De allí iba hacia el lago que aún entraba a algunos barrios y allí se desvanecía. Contaban que otras veces se la veía ir al cementerio y...

Esta vez fue Raymundo quien se sentó muy juntito a los pies de la abuela.

La abuela propuso contarles un cuento y los niños insistieron que querían escuchar el de la Llorona.

—Dicen que había una hermosa muchacha, hija de una indígena y de un español, que se llamaba Victoria. Vivía con su madre, puesto que su padre las había abandonado. Una mañana, cuando Victoria salía de misa, se acercó a la pila de agua bendita y, al sumergir sus dedos, se tocó con un joven español, hijo de una familia llegada algunos años atrás. Victoria jamás había visto ojos de un azul tan parecido al color del cielo ni una barba tan roja como el fuego. Al principio, retrocedió intimidada, pero aquellos ojos la miraban con suavidad y eran tan bonitos...

—¡Ay, abuelita! A poco ya te pusiste melosa —se quejó Raymundo.

—No le hagas caso, abuelita —pidió Rosa María.

—El joven la saludó inclinando la cabeza. Esperó afuera y cuando Victoria salió se presentó. Dijo llamarse Eusebio.

—Ya sé lo que sucederá —predijo Raymundo.

—Yo también: se van a enamorar —aseguró Rosa María.

—Precisamente eso fue lo que sucedió —estuvo de acuerdo doña Guadalupe—. Se enamoraron y con el paso de los meses su amor fue creciendo y...

—Esto no sirve. Yo pensé que contarías una historia de terror —interrumpió Raymundo.

Doña Guadalupe le pidió no ser impaciente y continuó:

—Eusebio pidió a Victoria en matrimonio. Ella aceptó sintiéndose muy feliz. No obstante, la madre se angustió. A ella le había sucedido algo parecido. Se había enamorado de un español que luego se había casado con otra. Victoria aseguró que nada de eso le iba a suceder a ella. Una y otra vez interrogó a su novio sobre si estaba seguro de su amor y él afirmaba que así era. Comenzaron a hablar de todos los hijos que tendrían: que una niña se parecería a ella y un niño travieso se parecería a él; que si tendrían pelo rojo o negro; en fin, incluso buscaron nombres para las criaturas. Contentísima, Victoria comenzó a elaborar su ajuar de novia, puesto que cosía y bordaba con primor. Llegó el día de confeccionar su vestido de novia. La madre fue con ella a comprar la tela, llegada en un cargamento de cosas importadas de España. Era de un blanco purísimo y de seda pesada. Victoria estaba tan ocupada preparando todo, que no notó que las visitas de su novio disminuían. Pues resultó que con el cargamento de artículos españoles, también había venido una familia muy rica que tenía una hija casadera llamada Inés. Por desgracia, Eusebio la había conocido a través de su madre, quien ansiaba que su hijo se casara con una española y que terminara su noviazgo con la mestiza. Eusebio, que tenía el carácter muy débil, había aceptado lo que su madre proponía.

"Antes de perder el valor, fue a ver a Victoria, quien en ese momento se probaba el vestido de novia.

"'Por favor, no entre. Dicen que es de mala suerte que el novio vea a la novia en su traje antes de la boda', dijo la madre de Victoria, pero Eusebio atravesó la puerta.

"Victoria se veía tan hermosa que Eusebio no se atrevió a esperar por temor a no tener la fuerza de cancelar su compromiso.

"'He venido a decirte que no me casaré contigo', dijo de sopetón.

"Victoria lo miró con sus ojos negros dilatados por la angustia.

"'¿Por qué no?', preguntó con un hilo de voz.

"'Porque no eres española', contestó Raymundo y salió antes de que ella viera que lloraba.

"Dicen que Victoria cayó al suelo como fulminada por un rayo.

"Su madre la veló vestida con su traje de novia. Los vecinos comentaban la mala acción del novio, aunque no era tan extraño que sucediera algo así en aquellos tiempos. A las doce de la noche, las velas se apagaron sin que nadie las soplara. En medio de la oscuridad escucharon ruidos, pasos... una puerta que se abría y luego se cerraba. Al encender una vela, cayeron en cuenta de que el cuerpo de Victoria había desaparecido. En el lodo de la calle se veían claramente las huellas de sus pequeños pies alejándose de la casa.

"Desde aquella noche se empezaron a escuchar lloros y lamentos.

—¿Por qué decía eso de "mis pobres hijos", abuelita? —interrumpió Rosa María.

—Ay, mi hijita, me imagino que por los hijos que soñó tener y que nunca pudieron nacer —dedujo doña Guadalupe y continuó—: La Llorona se volvió vengativa y es por eso que castiga a los hombres que se portan mal. Cuando se aparece, inclusive los más conquistadores se quedan muertos del espanto.

La noche llegó y empezó a llover. Doña Guadalupe encendió dos velas. Las llamas oscilaron a pesar de que no soplaba viento. Escucharon que alguien rasguñaba el vidrio de la ventana. Voltearon la mirada. En ese instante cayó un rayó iluminando el rostro descarnado, rodeado de un espeso velo blanco, que fijaba en ellos sus cuencas vacías.

—¡La Llorona! —gritaron los niños abrazándose de la abuela.

El llanto y los lamentos se fueron perdiendo calle abajo.

—¡Mis hijos! ¡Mis pobres hijos!

Y... ¡Sanseacabó!

El mito del fuego
(MÉXICO)

Cuentan los abuelos que cuando el pueblo huichol caminaba por la Tierra buscando dónde vivir, llegaron a
una cueva muy cómoda. Claro que por cómoda se en-
tendía que no había víboras ni alimañas, y que el suelo era arenoso y no repleto de piedras. Pero la cueva
era fría, muy fría. Y los pobres huicholes todavía no
habían descubierto el fuego. Es decir, lo conocían sin
saber cómo dominarlo. De manera que se pasaban las
noches en vela y deseando ardientemente… no, mejor
dicho, muertos de frío, que amaneciera para que el sol
los calentara con sus rayos. Para completar su desgracia, tenían malos vecinos que los odiaban y trataban
de hacer su vida imposible con el afán de que se fueran a otro barrio, es decir, a otra cueva. Por desgracia,
las cuevas no abundaban y los huicholes se quedaron
a pesar de todo.

Si los vecinos traían buena caza, les hacían ges-
tos a los huicholes con el dedo pulgar puesto en la
punta de la nariz y agitando los otros. ¡Las fiestas

que armaban! Hasta de madrugada se escuchaba el tum, tum, tum de los huesos contra las piedras y las maracas de cascos de venados.

Estando así las cosas, un rayo cayó en un árbol y empezó a arder. Los huicholes se reunieron en la entrada de la cueva para decidir qué hacer. Ahí frente a ellos tenían el fuego. Podían ver que se alimentaba de madera. Ellos podrían alimentarlo con madera para que no muriera. Pero... ¿cómo traerlo dentro? Una de las abuelas más viejas tenía ya todo planeado cuando vieron con horror que los vecinos, aduciendo que el árbol estaba en terreno suyo, se llevaron el fuego a su cueva.

Los vecinos pusieron guardias permanentes a la entrada de su cueva por si a los huicholes se les ocurría robarles el fuego. Dentro lo cuidaba un jaguar domesticado y tres viejecitas con uñas tan largas que, una vez provocada su ira, se volvían inclusive más peligrosas que el jaguar.

Con los huicholes habitaba un tlacuache. Este animalito, típico de México, que tiene una bolsita como canguro, estaba encariñado con ellos y deseaba ayudarles a conseguir el fuego.

Justamente esa noche se reunió con sus mejores amigos: el venado, el armadillo y la comadreja.

—Tenemos que hacer algo —dijo el tlacuache al finalizar la historia de cómo los vecinos no querían compartir el fuego con los huicholes—. Ya vienen las lluvias y entonces mis humanos —continuó demostrando su sentido de posesión— comenzarán a toser, después arderán y se quedarán patitiesos. No quiero que esto suceda.

—Pues, hagámoslos toser. Si arden cuando tosen, así se calentarán. Digo yo —sugirió el armadillo.

—Buena idea —estuvo de acuerdo la comadreja.

—No. Yo hablo de llevar el fuego a su cueva —explicó el tlacuache.

El venado, el armadillo y la comadreja se miraron entre ellos, luego al tlacuache y cada uno alzó su pata para hacer un molinete junto a la cabeza.

—¡No estoy loco! —negó furioso el tlacuache—. Ya verán que yo traeré el fuego para los huicholes. Ahorita lo hago.

El venado, el armadillo y la comadreja se rieron a carcajadas.

—Esto es un trabajo para un animal grande: un oso o un jaguar, y tú eres más pequeño que nosotros, a poco crees que puedes lograrlo —razonó el venado.

Pero el tlacuache ya tenía un plan. Así que se despidió de sus amigos asegurándoles que cumpliría su misión, y ellos tendrían que esperarlo con muchas ramas listas para alimentar el fuego que traería.

En vez de ir a su cueva, se metió en la de los vecinos. Calladito, calladito, calladito, pasó por donde el jaguar y las viejas dormían y se acurrucó en lo más profundo de la cueva. Ahí se quedó esa noche y durante diez días hasta que todos se acostumbraron a verlo. Notó que de madrugada los guardianes se dormían. Entonces, cerca del amanecer del siguiente día, se acercó a la hoguera y metió su colita en el fuego. Se mordió los dientes aguantándose el dolor y, cuando vio que la punta estaba encendida, corrió fuera de la cueva.

El jaguar despertó y lo persiguió. En cuatro trancadas estuvo delante del tlacuache para cortarle el camino y vio que estaba acostado, con la colita metida entre unas piedras (para que no se notara que estaba encendida) y las dos patas delanteras extendidas hacia el firmamento.

—¡Devuelve el leño que te has robado! —ordenó el jaguar que había visto en la semipenumbra el resplandor de la colita del tlacuache mientras corría.

—No sé de qué me hablas —dijo el tlacuache sin bajar los brazos—. Si quieres, puedes buscar en el marsupio de mi barriga y verás que no llevo nada.

El jaguar buscó y en verdad lo encontró vacío.

—Entonces, ¿por qué saliste corriendo y seguido de una luz? —el jaguar insistió en saberlo.

—Es que una estrella vino a avisarme que el cielo se viene abajo y salí para sostenerlo. Ese debe ser el resplandor que viste. ¿Acaso no has notado que eso es lo que estoy haciendo? —preguntó a la vez el tlacuache y añadió que ya tenía los brazos cansados y que necesitaba un relevo.

El jaguar, preocupado, pensando que el cielo se caía, se ofreció a sostenerlo mientras el tlacuache iba por más ayuda.

Por supuesto que el tlacuache corrió a la cueva de los huicholes. A la entrada lo esperaban el venado, el armadillo y la comadreja con un poco de ramas secas que reunieron, como habían quedado.

El tlacuache metió su colita en medio de las ramas, y estas empezaron a arder. Los huicholes sorprendidos fueron por leña y alimentaron la fogata. Luego, curaron la colita al tlacuache y le agradecieron mucho por aquel favor.

Dicen que esa es la razón por la cual el tlacuache perdió los pelos de su cola y para los huicholes fue uno de sus animales favoritos. En cuanto al jaguar, se cansó de esperar al tlacuache y, cuando vio que en la otra cueva ardía también el fuego, cayó en cuenta del engaño. Entonces, sintió tanta rabia que dio el salto más grande de su vida, con la intención de caer junto a la entrada de la cueva del tlacuache. Pero se quedó colgado del firmamento donde todavía se puede ver su silueta formada por estrellas.

Y... ¡Sanseacabó!

La leyenda de la Carretanagua
(NICARAGUA)

Pues dizque sucedió hace algún tiempo en la comarca de Mapachín, en la cantina de doña Chon, donde se reunía Filemón Rojas a beber con Herculano García y Virgilio López, sus amigos del alma.

—Brindo por las lágrimas de pesar, que solo los hombres bien hombres pueden derramar —dijo Filemón y alzó su vaso de guaro.

—Yo brindo también por las penas. Ellas me acompañan en la sangre que corre por mis venas —dijo Herculano también alzando el suyo.

—Y yo brindo por las mías, penas profundas, penas agudas... —Virgilio, el menos hábil para las rimas a pesar de llevar el nombre de un gran poeta, se interrumpió pensando— ¿que llevo a cuestas junto a mis tías?

—¿Qué? —preguntaron al unísono Filemón y Herculano.

—Es que no encontraba la palabra precisa y el brindis se estaba alargando demasiado —se disculpó Virgilio.

—Podías haber dicho "días", así: "Que llevo a cuestas todos los días" —sugirió Filemón haciendo una voz profunda.

Entonces, los tres se dedicaron a beber y con cada trago decían nuevos brindis que poco a poco se volvieron confusos.

—Brindo por las *perrnas* —dijo Herculano.

—No, hombre. Son penas —lo corrigió Virgilio.

—No importa. Yo también brindo por eso y por tus tías —intervino Filemón.

—¡No les metas en esto a mis tías! —se enfureció Virgilio enseñando los puños.

—¡Basta! ¡Basta! No se enojen, aquí hemos venido a disfrutar —se interpuso Herculano.

Aunque la pura verdad era que no disfrutaban. La bebida que se metían al gallete los enfermaba, los ponía locos y eso de darles felicidad era una mentira de la A la Z.

Así que continuaron embriagándose a pesar de las recomendaciones de doña Chon respecto al consejo de irse a sus casas.

—Voy a cerrar la cantina, bolitos —los llamó en tono cariñoso—. Será mejor que se retiren. A la Carretanagua le gusta llevarse a los borrachos. Recuerden que va conducida por la Muerte Quirina, y con ella no hay "vuelva luego" —les advirtió.

Ellos insistieron en que no se irían hasta terminar con todos los brindis que tenían preparados, y que ella se fuera nomás dejando la llave para cerrar la cantina.

Doña Chon, que tenía una gran experiencia con aquellas situaciones, dejó de insistir y subió al segundo piso donde vivía. Trancó la puerta, se puso el camisón, el gorro de dormir y, apenas colocó la cabeza en la almohada, empezó a roncar.

Abajo, los tres amigos tenían dificultades para mantenerse derechos en sus sillas, así que apoyaron los codos en la mesa y la barbilla en los puños.

Fue Filemón Rojas quien comenzó con las bromas de bailar con la Muerte Quirina cuando llegara en la Carretanagua.

Lo siguió Herculano García, diciendo que lo desafiaba a hacerlo.

Virgilio López añadió que los tres deberían bailar con la Muerte Quirina sin miedo, que para eso eran hombres bien hombres.

Todo este diálogo fue dicho con sílabas arrastradas y palabras entremezcladas sin ningún orden.

Cuando de repente... escucharon un ruido lejano.

Los tres se callaron.

El ruido se fue acercando.

Filemón se limpió el sudor de la frente.

El ruido se hizo tangible. Eran las ruedas de una carreta: traca, traca, traca, traca. Tal parecía que los ejes se hallaban herrumbrados para producir tremendo ruido.

Traca, traca, traca, traca.

Herculano se movió inquieto en su silla y casi se cayó.

Traca, traca, traca, traca.

Virgilio se aflojó el cuello de la camisa.

Traca, traca, traca, traca.

El ruido de la carreta se detuvo.

Los tres amigos miraron la puerta de la cantina.

—¿Será la ca-ca-ca-ca-ca...? —tartamudeó Filemón con un pensamiento fijo que le había quitado la borrachera: la Carretanagua.

La puerta se abrió y las lámparas se apagaron. En la oscuridad escucharon una voz de ultratumba decir:

—¿Bailamos?

—¡No! ¡Noooooo! —gritaron los tres amigos corriendo hacia la calle.

Allí se encontraron con una carreta enorme, con las ruedas cuadradas. En un gran cajón brillaban esqueletos amontonados, unos encima de los otros.

Traca, traca, traca, traca, se acercó aún más a ellos.

La conducía una figura envuelta en un sudario blanco, con su guadaña sobre el hombro izquierdo. Tiraban de la carreta dos bueyes encanijados y flacos, con las costillas casi por fuera: uno negro y el otro amarillento.

Los perros aullaban, las gallinas cacareaban, los gatos maullaban y los tres amigos gritaban.

La figura envuelta en el sudario blanco se bajó, se dirigió hacia Filemón, Herculano y Virgilio, y los cubrió con su manto...

Traca, traca, traca, traca, la carreta se fue alejando.

Los perros, las gallinas y los gatos se tranquilizaron.

A lo lejos todavía se escuchaban los alaridos de los tres amigos al mismo tiempo que aquel traca, traca, traca, traca.

Al otro día, doña Chon encontró la puerta de la cantina abierta y en desorden, con las sillas y mesas patas arriba. Se puso a arreglarlo todo. Molesta, notó que en la mesa donde se sentaron los tres amigos, alguien había grabado una palabra con fuego. Se colocó los espejuelos y miró. Decía:

¿Bailamos?

Y... ¡Sanseacabó!

El mito de Aimapaya
(NICARAGUA)

174 Cuentan los abuelos *miskito* que hace muchas, muchas, muchas lunas empezó a llover. No habría tenido importancia de ser un día de lluvia o un día y una noche, o dos días y dos noches; sin embargo, llovió y llovió y llovió sin parar durante meses. En consecuencia, las aguas de los ríos se desbordaron, también la de los lagos y el mar comenzó a comerse las playas y a meterse tierra adentro mientras que la lluvia no se detenía ni un segundo.

La gente se asustó mucho. Corrían de un lado al otro buscando dónde protegerse y subían a las montañas más altas, y las aguas crecían y crecían cubriendo las montañas. Era un tremendo diluvio.

Fue cuando el dios Wan Aisa escogió a un niño y a una niña huérfanos para que se salvaran del diluvio. Apareció en sueños y les dijo:

—Escucha, niña, cuando despiertes tienes que caminar hacia el sur. Allí encontrarás un árbol con

ramas que comienzan casi a ras de la tierra. El árbol está esperándote. Lo hice crecer para que te trepes en él y sobrevivas al diluvio.

La niña se despertó y, recordando el sueño, salió de su cabaña y se marchó hacia el sur.

Mientras tanto, un niño venía caminando desde el norte también en busca del árbol que el dios Wan Aisa le había indicado en sueños.

Los dos llegaron al mismo tiempo por distintas direcciones y comenzaron a trepar sin caer en cuenta el uno de la otra. Al llegar a la copa del árbol se encontraron.

—No sé qué haces tú aquí —reclamó la niña—. Este árbol me pertenece. Me lo dijo Wan Aisa.

—Pues yo no sé qué haces tú trepada en mi árbol —contradijo el niño—. Wan Aisa lo hizo crecer justamente para que yo me salvara de las aguas.

—Bueno, eso me dijo a mí también —la niña hizo un gesto de impaciencia mientras se secaba la lluvia de los ojos.

En ese instante, las aguas llegaron donde estaba el árbol y, al mismo tiempo, el árbol se estiró con mucha fuerza. Instintivamente, la niña y el niño se agarraron a una rama y con la otra mano se sostuvieron mutuamente.

—Gracias —dijo ella.

—Gracias —también dijo él.

Entonces se rieron.

En medio de la lluvia escucharon la voz del dios Wan Aisa:

—Mi deseo es que sobrevivan los dos. De ahora en adelante tendrán un solo nombre: los hermanos Aimapaya.

Los hermanos Aimapaya se quedaron durante mucho tiempo en la copa del árbol mientras llovía y llovía y llovía, y las aguas tapaban todo: montañas, cerros, volcanes y exterminaban toda la vida de la tierra menos a ellos, puesto que aquel árbol continuaba elevándose para salvarlos.

Una mañana el sol salió en el horizonte y dejó de llover.

—¡Por fin! —exclamó el niño.

—¡Por fin! —exclamó la niña sacudiendo su largo cabello para que el sol lo secara—. Pero, ¿de qué nos sirve que dejara de llover y saliera el sol si no bajan las aguas? —se quejó, pues se sentía afectada por aquel terrible silencio donde no se escuchaba ni el canto de un solo pájaro, ni el sonido de un solo insecto ni menos aún voz humana alguna—. Estamos solitos —añadió llorando por primera vez.

—Mira, mira. ¡No llores! ¡Algo se acerca por el cielo! —la consoló el niño.

Era una bandada de siete pelícanos.

Los hermanos Aimapaya los recibieron con mucha alegría, y los siete pelícanos se posaron en las ramas más bajas.

—Ah, conque ustedes son los únicos humanos elegidos para sobrevivir el diluvio —dijo el pelícano más viejo.

—¿Y ustedes son los únicos animales que quedan? —la niña quiso saber.

—De lo que hemos podido constatar volando por todo lado, otros han sobrevivido —repuso el pelícano viejo.

Los hermanos Aimapaya tuvieron que esperar siete semanas más para que el suelo se secara por completo, y todo ese tiempo estuvieron acompañados por los pelícanos. Esa es la razón por la cual para los *miskito* son pájaros de buena suerte.

El árbol también fue reduciéndose de tamaño y, cuando los hermanos Aimapaya descendieron, ya no era gigantesco. Los niños se despidieron de los pelícanos y empezaron a buscar comida, puesto que al pisar el suelo sintieron mucha hambre.

Entonces, Wan Aisa sintió compasión por ellos (se dijo que, al fin y al cabo, si los hizo sobrevivir, también debía alimentarlos) y lanzó un tronco de yuca, luego unos granos de maíz. La yuca se extendió como por magia y creció de maravilla. Los granos de maíz germinaron en pocas horas y se cubrieron de mazorcas, y así los hermanos Aimapaya pudieron saciar su hambre.

—¡Tengo frío! —se quejó la niña y junto a ellos apareció un armadillo que vomitó dos piedras de *kisa* para hacer fuego.

Entonces ellos recogieron unas ramas, frotaron las piedras, hicieron una fogata y entraron en calor.

Pasaron los años y los hermanos Aimapaya se convirtieron en dos jovencitos.

—De ustedes depende ahora poblar la Tierra otra vez —les ordenó en sueños el dios Wan Aisa.

Los jóvenes discutieron durante horas cómo conseguir otros humanos, dónde buscarlos y cuándo partirían con esa misión. Al despedirse se abrazaron y sintieron que era verdad lo que Wan Aisa había dicho tiempo atrás: ellos eran un solo ser. Si esa era la razón de compartir el nombre, también compartirían el amor.

Al cabo de nueve meses se sorprendieron al ver que tuvieron tres pares de gemelos. Nueve meses más tarde nacieron cuatro pares de trillizos. Y así fueron naciendo sus hijos y poblando la Tierra.

Los Aimapaya envejecieron y murieron. Hasta que Wan Aisa los premió convirtiéndolos en estrellas para que siempre pudieran acompañar a sus hijos e hijas desde el firmamento.

Allí están hasta ahora. Son las dos estrellas conocidas por los *miskito* como Aimapaya, que brillan frente a la constelación de Pléyades o las Siete Cabritas.

Y... ¡Sanseacabó!

La leyenda de María Chismosa
(PANAMÁ)

Pues dizque vivía en la Villa de los Santos, en la provincia del mismo nombre, una señora a la que le gustaba mucho el chisme. Para doña María escuchar y repetir información era igual que zamparse una caja entera de bombones de chocolates rellenos de crema de fresa. ¡Solo de pensarlo se le hacía agua la boca! No es que nadie le contara sus cuitas y sus penas de buena voluntad, sino que ella escuchaba detrás de las puertas, mientras hacía las compras en el mercado, cuando iba a la farmacia, oculta entre las cortinas de las ventanas de su casa y a veces hasta se asomaba, descaradamente, a las de sus vecinos.

A toda hora doña María se preparaba para fisgonear, igual que una araña se alista a cazar un mosquito y envolverlo en su tela.

Resulta que una vez, cuando doña María estaba detrás de su ventana, vio venir a don Casimiro, el vecino de enfrente, caminando un poco nervioso. Se detuvo en la esquina debajo del farol de gas, sacó su reloj de leontina, miró la hora, luego observó con nerviosidad la calle desierta y se guardó el reloj. A poco rato, una mujer envuelta en una capa se acercó donde don Casimiro caminando sigilosamente. Cruzaron algunas palabras y él le entregó un estuche pequeño. La mujer lo abrió. El cuello de María Chismosa se estiró a manera de hule. En la media luz, algo que no podía dejar de ser una joya brilló dentro del estuche. La mujer se admiró. Don Casimiro afirmó con la cabeza varias veces, se llevó el dedo índice a los labios y señaló su casa. La mujer asintió con vehemencia, guardó el estuche y se alejó con el mismo sigilo con el que había llegado.

¡Ah!, doña María apoyó la espalda en la pared de su sala todavía sosteniendo la cortina en la mano, para no desmayarse. ¡Qué emoción sentía! Tenía un chisme delicioso y fresquito para ser utilizado ese mismo momento puesto que aún no era tan tarde y la vecina Elenita estaría despierta.

Esperó a que don Casimiro entrara a su casa y ella salió de la suya en un estado de delirio de felicidad tal, que no se acordó de agarrar el cabello gris en su acostumbrado moño y lo llevaba todo revuelto, igualitico que sentía el corazón. Es que no era para menos. ¡Un chisme nuevo!

—¡E-e-leeeniiitaaa...! —llamó doña María con voz suave, golpeando la puerta con los nudillos.

La puerta se abrió y doña María entró hecha una ventisca sin siquiera saludar. Se sentó en una mecedora y respiró profundamente antes de hablar.

—¿A qué no sabes lo que acabo de presenciar, Elenita? —María hizo la pregunta con un dejo de misterio.

—No tengo idea, María —contestó doña Elenita atrapada entre el disgusto y la curiosidad.

—El sinvergüenza de don Casimiro tiene otra mujer y se encuentra con ella en la misma calle donde tiene su santo hogar. Además, ¿qué crees que hizo? —doña María se lamió los labios igual que si se preparara a probar una golosina.

La vecina continuó diciendo que no lo sabía, con los ojos abiertos como platos.

—¡Le regaló un estuche con una joya! Yo misma la vi brillar con estos ojos que algún día se harán tierra —continuó doña María.

La quijada de la vecina se cayó con un "¿ahhh?".

—¿Y sabes qué más, Elenita?

Doña María sabía contar un chisme. Nada de decirlo a boca de jarro, sino despacio, añadiendo la conveniente emoción, escalando hasta llegar al clímax.

—Nooo —negó la estupefacta vecina.

Don Casimiro era considerado un esposo ejemplar y ahora esto. ¡Qué horror!

—Este sinvergüenza le pidió guardar silencio acerca del regalo. Lo hizo así —doña María se llevó el dedo índice a los labios—. Y señaló su propia casa. ¿Y qué crees que hizo la mujerzuela esa?

—¿Qué hizo la muy malvada? —se molestó doña Elenita completamente involucrada en aquel chisme.

—Ella estuvo de acuerdo con don Casimiro y asintió así con la cabeza —doña María asintió con la suya.

—¡Cómo! ¿Qué me cuentas? ¡Qué barbaridad! ¡Este hipócrita le dio un regalo a otra mujer debajo de las narices de la suya propia! —La indignación de doña Elenita no tenía límites.

—Tú ya me conoces. De esto, nada, yo me puedo volver más ciega que un murciélago. No he visto nada y solo te lo digo porque me parece necesario que sepas qué clase de vecinos tenemos —terminó doña María, y ya cumplida su misión y aplacado su apetito por el chisme, regresó a su casa y se durmió con la placidez de un angelito.

Por supuesto que el chisme dio vueltas por el vecindario a modo de trompo de madera con cuerda de dos metros.

Y llegó a oídos de la esposa de don Casimiro, quien lo recibió aquella noche hecha una pantera rabiosa y con las maletas en la puerta de la casa.

Afortunadamente, el asunto se aclaró. La mujer desconocida era una joyera. La joya, que había pertenecido a la madre de don Casimiro, una señora bastante gruesa, era una pulsera que debía ser reducida de tamaño para la delgada muñeca de la esposa de don Casimiro. Debido a que era un regalo de cumpleaños con el cual quería sorprenderla, había tenido que mantenerlo en secreto.

Este chisme colmó la paciencia de la gente y le dieron a María el mote de María Chismosa.

Pues la historia no queda ahí. Una noche, María Chismosa se encontraba espiando a los vecinos cuando escuchó venir desde lejos a un gentío que rezaba y llevaba cirios encendidos. En ese instante, un nietecito suyo que estaba a su cuidado empezó a llorar. Doña María lo sacó de la cuna y lo llevó a la ventana.

Al pasar, una de las *alumbrantas* le entregó un cirio encendido. Doña María lo recibió con la mano izquierda. Al terminarse la procesión, el cirio se apagó. Ella puso al niño dormido en la cuna otra vez. En la oscuridad sintió que el cirio que había recibido era duro, con unas protuberancias a los extremos y no tenía mecha. Prendió una vela y lo miró.

—¡Ayyyy! ¡¡¡Esto es canilla de muerto!!! —gritó despavorida.

Cuando fue a confesarse donde el señor cura, él le dijo las verdades.

—María, esto te ha sucedido por chismosa y por meterte en la vida ajena. Tienes mucha suerte de que tuvieras en tus brazos a una criatura inocente, de otro modo, esas almas en pena te habrían llevado con ellas. Es más, lo de la canilla de muerto es una advertencia.

Dicen que, desde ese momento, María Chismosa no volvió a averiguar nada de la vida de otros y, si llegó a saberlo, se quedó calladita.

Y... ¡Sanseacabó!

La leyenda del Zajorí de La Llana
(Panamá)

Pues dizque a mediados del siglo IX, en el villorrio de La Llana, del distrito de Macaracas, nació un niño completamente blanco. Blanco era su cabello, blancas sus pestañas y cejas, y blanquísima su piel. Los ojos, de un celeste blanquecino, perdían el poco color al contacto con la luz. La madre cuidaba de tenerlo dentro de casa con sombrero puesto y las ventanas a medio cerrar para que la claridad no le molestara la vista.

Cuando cumplió los tres años, un artista pintor pasó por el villorrio. De alguna manera se enteró del niño blanco y fue a verlo. La madre lo recibió con recelo. Bastantes problemas tenía con los comentarios que hacía la gente de su hijito: unos se apiadaban y otros se burlaban.

El pintor se sentó en una rústica banca de madera. En una cama de palo estaba sentado el niño pelando pepas de café. Por un momento se detuvo, miró al pintor y en su rostro se dibujó una sonrisa angelical.

—¿Me permitiría hacer un retrato de su hijo, señora? —preguntó con amabilidad el artista impresionado por su etérea blancura.

La madre aceptó. Entonces el pintor alistó su caballete, colocó allí el lienzo, abrió su estuche de madera, donde llevaba los tubos de pintura de óleo, los carboncillos, espátulas y pinceles. Mientras tanto, el niño continuó pelando las pepas de café. La madre explicó que era su mayor entretenimiento.

—¡Ay! ¡Qué lástima! ¡He perdido mi mejor pincel! —manifestó el pintor molesto porque era regalo de su madre, recientemente fallecida—. ¡Dónde se caería! —añadió sin dejar de buscarlo por segunda vez en el estuche.

Desde la cama, el niño habló algo que al pintor le sonó una jerigonza. Lo único que entendió fue una palabra "madre".

—Creo que el niño la requiere, señora —dijo el artista siguiendo a la mujer, que ese momento entraba en la cocina.

El niño gritó lo mismo otra vez.

La mujer le acarició el cabello.

—A ver, ¿qué dices? —y pidió con mucha ternura que lo repitiera.

Como toda madre, ella era la única que podía comprender lo que su tierno hijo trataba de explicar en su media lengua. El niño volvió a dirigir el rostro hacia el pintor y repitió lo mismo por tercera vez.

La madre asintió varias veces mientras escuchaba.

—Pues dice que un pincel que le regaló la madre de usted está junto a la roca en la orilla del río donde pintaba esta mañana —explicó la mujer.

El pintor se quedó mudo de asombro. Aquel niño no podía saber aquellos detalles y la mujer tampoco, ya que lo único que él dijo en voz alta fue sobre la pérdida del pincel.

—¿Eso dice? —preguntó incrédulo.

—Eso mismito, señor —afirmó la mujer—. No se sorprenda. Él tiene el poder de adivinar dónde están las cosas desaparecidas. Mire, a mí me ayuda a encontrar hasta las agujas y eso sin buscar con sus ojitos, que de todas maneras son casi ciegos.

El artista dejó sus cosas, salió apresurado, montó en su caballo y regresó junto a la vertiente del río. Desmontó de un salto y corrió hacia la piedra. Allí, caído a un lado, estaba el pincel de la manera descrita por el niño.

Al regresar a la casa, el pintor hizo muchas preguntas a la madre, pero ella no tenía más respuesta que la de que el niño había nacido con ese don.

—Ah, ya entiendo. Él es un zahorí —concluyó el pintor utilizando la antigua palabra con la que se denominaba a quienes tenían el poder de ser visionarios y predecir los acontecimientos.

—*Zajorí* —repitió la madre cambiando la pronunciación sin quererlo—. Me gusta el nombre. Y fíjese usted que yo lo llamaba Pedrito...

A partir de aquel día, al niño se lo conoció como el Zajorí de La Llana.

El Zajorí creció, se hizo hombre y se volvió anciano. Toda su vida tuvo aquel don de saber dónde se encontraban las cosas perdidas. Su fama se extendió por el distrito de Macaracas y luego a toda la región. Su nombre se hizo tan sonado que la gente llegaba a caballo o a lomo de mula por las escarpadas montañas para ir a consultarlo. Él, sentado en su cama de palo y siempre pelando pepas de café (con las uñas de los pulgares, que el tiempo había alargado y endurecido), escuchaba la pregunta sonriendo con dulzura. Después, contestaba y enviaba al interesado a buscar lo perdido, derechito al lugar donde se encontraba.

Eso sí, el Zajorí de La Llana tenía una regla de oro a la que nunca faltaba.

En una ocasión llegó un señor acompañado de su capataz.

—Futroso García, a sus órdenes —se presentó quitándose el sombrero—. Mi capataz Antonino

Velásquez —indicó a un hombre de aspecto algo rudo, quien también se puso a las órdenes del Zajorí.

El único ruido que se escuchaba era el de las uñas del Zajorí al quitar la corteza de las pepas de café.

—Ejem, ejem —se aclaró la garganta don Futroso.

—Lo escucho —dijo el Zajorí sin levantar el rostro.

Se había convertido en un hombre de tamaño mediano, con voz de timbre infantil, cejas largas, blancas y cabellos descoloridos que colgaban a su espalda.

—Fíjese que mi madre enterró una caja con plata durante la Revolución de los Mil Días. Puesto que estábamos disgustados no me lo dijo antes, y recién hace dos semanas, antes de expirar, lo confesó indicándome exactamente dónde estaba la plata. Ahora que la busco, no la encuentro y he cavado en el mismo lugar y en los alrededores. Aquí, Antonino —señaló al capataz— me dice que la plata se ha mudado de sitio, que eso sucede con frecuencia. ¿Sabe usted dónde está? ¿Podría usted decírmelo?

El Zajorí respiró profundamente y meneó la cabeza.

—Yo sé dónde está, pero no se lo puedo decir —contestó sin inmutarse.

—¿Cómo es esto? Sé que a todos ayuda. ¿Por qué a mí no? —se irritó indignado don Futroso.

—Disculpe —se excusó el Zajorí con aquella bondadosa sonrisa—. No puedo decírselo.

—Ah, ya comprendo. Pues bien. Ponga su precio —pidió don Futroso sonriendo a la vez como un hombre que ha encontrado la solución a su problema.

El Zajorí volvió a negarse.

—¡Esto es inconcebible! ¿Qué tiene de malo mi dinero? —volvió a preguntar don Futroso con la ira temblando en su voz.

—No deseo dinero —repuso el Zajorí.

—Bien. Bien. Lo que usted quiere es parte de la plata. Me comprometo a traérsela. Le doy mi palabra de honor —dijo don Futroso y se colocó la mano derecha encima del pecho, a la altura del corazón.

El Zajorí alzó el rostro con su eterna expresión de placidez.

—Yo no pido nada a nadie. La gente viene, me pregunta cosas, yo las veo en mi mente y las describo —insistió el Zajorí.

Y eso era verdad. Él nunca pedía nada. La gente le dejaba comida o ropa y a veces dinero, sin que nada de eso fuera una condición para que el Zajorí los ayudara.

En fin, no hubo manera de convencer al Zajorí que indicara dónde se hallaba el cajón con la plata. Ni súplicas ni amenazas de don Futroso. Entonces decidió marcharse. Lo hizo furioso y dando un portazo.

Cuando el capataz se disponía a seguirlo, el Zajorí le pidió que fuera junto a él.

Antonino se inclinó para escuchar lo que quería decirle. El Zajorí lo agarró por un brazo y con la uña del pulgar de la otra le hizo un rasguño largo y profundo.

—¡Ayyy! —se quejó el capataz.

—Antes de que se caiga del todo la costra, debes devolver a tu patrón la plata que tienes escondida en un agujero de la pared del viejo cobertizo. La enterrarás junto al pozo de la huerta y puedes decir tu historia de que la plata camina. Si no lo haces, él va a descubrirte tarde o temprano.

—¿Por qué no se lo dijo? —indagó Antonino con el asombro pintado en el rostro.

El Zajorí reanudó su ocupación de pelar pepas de café y no contestó. En su mente veía que, al enterarse don Futroso, mataría al capataz. Esa era su regla de oro: evitar que corriera sangre a causa de alguna información proporcionada por él.

Dicen que al morir, el Zajorí de La Llana lanzó un llanto parecido al de una criatura recién nacida. La gente que lo conocía recordó que él contaba que su madre le había dicho que lo escuchó llorar cuando todavía estaba en su vientre, y decían que quizás aquel llanto era señal de que volvía a nacer en otro lugar.

Y... ¡Sanseacabó!

La leyenda de la bruja
(PARAGUAY)

194 Pues dizque la séptima hija de una misma familia de mujeres seguidas es una bruja. Y no solo eso, sino que ya nace con poderes y puede hechizar a diestra y siniestra apenas comienza la pubertad. Esa era la leyenda que la señorita Isabel había contado en la escuela esa mañana. Y la relataba muy bien. Cambiando la voz, sentándose y poniéndose de pie, gesticulando, y luego asegurando que todo lo dicho era "la más absoluta verdad". Además, dijo que los martes y viernes la séptima hija se transformaba en bruja y podía volar hasta la medianoche. Los otros días ocultaba su identidad bajo el aspecto de una mujer normal y corriente, e inclusive fea para no llamar la atención.

Fue este último dato el que tranquilizó a Zunilda. Ella sabía que era bonita, punto y fuera. Razonó que, a pesar de ser la séptima hija con seis hermanas mayores, no podría resultar aquello de que se convertiría en bruja ningún día de la semana. Ni siquiera aquel próximo martes que coincidía con su cumpleaños.

Cuando abrió los ojos ese martes, Zunilda se felicitó a sí misma por cumplir los catorce años. Esperó todo el día intranquila. A las seis de la tarde, la mamá las llamó a rezar el rosario. A las siete, cenaron y a las ocho se fueron a la cama. Ella compartía la habitación con dos de sus hermanas, ya que las otras tres eran casadas. Se mantuvo despierta a punto de darse pellizcos hasta que escuchó las doce campanadas del viejo reloj del corredor. Respiró tranquila. A pesar de todas las posibilidades, no se había convertido en bruja.

Pasaron los meses. Se terminó el año escolar y la educación que en aquellos lejanos tiempos se consideraba necesaria para las niñas de alta alcurnia: seis años de primaria. Después se dedicaban a aprender las tareas del hogar, además de bordar, tejer, pintar, tocar el piano, leer y hacer novenas a San Antonio mientras esperaban cumplir quince años para casarse. La otra posibilidad era llegar a los veinte años convertidas en solteronas o, por lo menos, ser consideradas un "caso difícil para conseguir marido".

Cuando Zunilda cumplió quince años estaba enamorada hasta las orejas de José Antonio, un joven de dieciocho, con los estudios terminados y que empezaría a trabajar en el manejo de las haciendas familiares. En conclusión: era un gran partido.

Esa noche, mientras celebraban el cumpleaños de Zunilda, a Graciela, su mejor amiga, se le ocurrió hacer una pregunta por demás innecesaria puesto que ella conocía la respuesta.

—Oye, Zunilda. ¿Están ya casadas tus seis hermanas mayores? —Graciela hizo la pregunta alzando la voz al pronunciar el número.

Las mejillas de Zunilda se convirtieron en dos rosas rojas y contestó con un sí, casi inaudible.

—Ah, entonces las seis están casadas —repitió Graciela mirando a José Antonio con una expresión de absoluta inocencia.

José Antonio arqueó una ceja.

—Mira, que no había caído en cuenta que eres la séptima hija, Zunilda —comentó el muchacho.

Zunilda no pudo evitar una sonrisa nerviosa.

Las otras conversaciones parecieron terminar abruptamente y se hizo un silencio incómodo.

—Sí, claro, eres la séptima hija. ¡Qué observador eres, José Antonio! —Graciela lo alabó y él dio rienda suelta a su sabiduría local.

—Es de conocimiento de todos aquella extraña historia que nos contaban de niños, no es que tenga nada que ver contigo Zunilda, pero dice que la séptima hija de mujeres seguidas en una familia, es una bru..., digamos una hechicera —se corrigió a tiempo aunque no así Graciela.

—Ay, qué gracioso. Tú una bruja —rio ella con una risita de falsete—. Y, ¿qué más, José Antonio?

—Para poder volar, primero se frota con una pomada mágica por todo el cuerpo y cae en trance. Al volver en sí, corre alrededor de la casa, por fuera, gritando: "Pierda, pierda, pierda", tres veces, y se quita una pierna. —José Antonio se agarró su propia pierna y continuó—: Repite lo mismo en dirección opuesta. Vuelve a gritar: "Pierda, pierda, pierda", y se saca la otra pierna y los dientes. Deja todo a buen recaudo. Después se va volando antes de que cante el gallo. Aseguran que se dirige a...

—¿Alguien desea más vino? —interrumpió la madre de Zunilda dándose cuenta del bochorno de su hija.

—¡Qué interesante! ¡Me parece maravillosa tu memoria! ¡Y la manera como lo cuentas! Continúa, continúa —Graciela pidió juntando las manos—. Si no te sientes aludida, Zunilda, digo por ser la séptima hija de tu familia. Ay, claro que no. ¡Qué tonta soy! Es solo una leyenda.

Zunilda bajó los párpados y se mordió los labios.

—¿Ah, sí? ¿Te parece que lo cuento bien? ¡Qué amable eres, Graciela! —dijo José Antonio complacido antes de continuar—. La bruja se va a una fiesta en una cueva, organizada por otros seres malignos como diablos, duendes y otros bichos. Allí bailan chillando. El diablo en especial se menea con gusto...

La madre de Zunilda trató de interrumpir ofreciendo más comida y no lo logró. En aquel momento, José Antonio era dueño absoluto de la situación. El silencio con el que los invitados recibieron el comienzo de su historia se convirtió en risas al verlo imitar al diablo en pleno baile.

—Cuando la bruja se aburre de la fiesta, sale a buscar al pobre inocente que es su novio, quien ignora que ella es bruja. Puesto que es terriblemente celosa, si lo ve hablando con una mujer, sea esta su hermana o no, le pone gusanos en la espalda o clavos en los zapatos. Si ha salido con amigos, la bruja lo busca hasta encontrarlo. Sin que el pobre infeliz caiga en cuenta, mete excremento de perro en el vaso de la bebida.

—¡Huyyy!, qué terrible ser novio de una bruja. ¡Pobrecito! ¿Y cómo es que él no la ve? —se asombró la inocente Graciela.

—Porque la bruja se vuelve invisible —explicó José Antonio retirándose un mechón de cabello de su frente sudorosa—. Esa es la razón por la cual hace toda clase de barbaridades, como ocultar el dinero para fastidiarlo y hacerlo pasar la vergüenza de no poder pagar la cuenta.

—Yo sé a qué le teme la bruja —se interesó una de las invitadas contagiada por el entusiasmo de José Antonio.

Sin embargo, este no la dejó intervenir más allá que aquella frase y retomó la historia.

—Hay dos cosas que la bruja teme —explicó enseñando el índice y el pulgar—. A los espejos y a los calzoncillos de hombre. Si le lanzan uno, se corta su vuelo y cae a tierra. Así se la puede atrapar —concluyó satisfecho de haber sido él quien diera la explicación final.

Graciela aplaudió y volvió a felicitarlo. José Antonio fue a sentarse junto a ella en el sofá al ver que una invitada dejaba el asiento libre para despedirse de los anfitriones. Poco a poco se fueron todos menos Graciela y José Antonio, quienes hablaban en tono bajo, riendo y juntando las cabezas cada vez con mayor familiaridad.

Cuando Zunilda se despidió aduciendo un terrible dolor de cabeza, ni lo notaron.

De repente, Graciela lanzó un alarido y acto seguido José Antonio la imitó. Ambos se pusieron de pie y comenzaron a saltar agitando las manos y tratando de llevárselas a la espalda.

Más tarde, cuando su madre fue a desearle buenas noches a Zunilda, esta le contó el bochorno que había pasado.

—Ay, hijita. ¡Ocurrió algo terrible! José Antonio y Graciela fueron atacados por gusanos que se les metieron por la espalda y cayeron a sus pies. Ni veas. Tendré que mandar a fumigar las plantas interiores —comentó la señora y continúo acariciando la mejilla de Zunilda—. No hagas caso de esos disparates de séptima hija y cuentos de brujas. Espejos y calzoncillos... ¡Qué vulgaridad! Por cierto, esto me recuerda que no hay espejos más que en mi habitación desde que desarrollaste angustia al mirar tu reflejo. Además, desde la muerte de tu papá, no hay manera de que existan calzoncillos en esta casa.

Zunilda se abrazó de su madre para que no notara su sonrisa.

Y... ¡Sanseacabó!

El mito del Mainumbí y el Curucú
(PARAGUAY)

Cuentan los abuelos que hace un montón de años, cuando el dios Tupa del pueblo guaraní creó el sol y después la vegetación, quedó maravillado de su propia habilidad al producir mucha variedad y tantos colores diferentes. Tupa bailó de la alegría y agitó los brazos como si fueran alas. Entonces, se le ocurrió crear a los pájaros. Tomó un poco de arcilla y le dio forma con alas, pico y patas. Algunos los hizo pequeños, a otros, medianos y a otros, grandes, como al ñandú. Al cubrirlos de plumas se divirtió mucho puesto que requería de imaginación y buen gusto. Una vez lleno el cielo de aves que volaban de aquí para allá y se posaban al silbar o al cantar, decidió llenar los mares y los ríos. Creó así a los peces pequeños, medianos y grandes. Ya experto en colores, pintó las escamas en dorados, plateados, rayados, con puntos en todos los tonos.

Tan entusiasmado estaba que los colores se le escaparon por todos lados y así nació el arcoíris.

Al contemplarlo, se le ocurrió crear un animal que poseyera aquellos colores mezclados con el verde de la naturaleza y, además, que tuviera que ver con las flores.

Tupa tomó un poquito de arcilla, la amasó con todo amor y cuidadosamente formó un pajarito pequeño, gracioso, con el pico largo y fino para que

pudiera beber el néctar de las flores. Lo cubrió con plumas verdes mezcladas con otras del color del arcoíris, le dio una cola preciosa, unas alitas que podían moverse a gran velocidad y lo soltó mientras le daba el soplo de la vida.

—Te llamarás Mainumbí, es decir, picaflor —dijo el buen Tupa extasiado ante aquella joya de la naturaleza creada por él.

Sin embargo, él no era el único que, en ese momento, admiraba la belleza de Mainumbí. Escondido entre la vegetación, el malvado Aña, el demonio, presenció la creación de aquella avecita tan hermosa.

—Yo puedo hacer lo mismo o algo mejor —Aña masculló lleno de envidia.

Despacito se arrastró hasta llegar al sitio donde Tupa tenía preparada la arcilla. Agarró una buena porción y regresó a su escondite.

Debido a que Aña no era artista ni tenía idea de cómo amasar la arcilla, la puso sobre una piedra y a golpes la suavizó. Luego, le dio una forma que no le gustó. Le dio otra forma que tampoco le satisfizo. Ya aburrido decidió optar por lo que saliera. La figura era gruesa y de una forma extraña. Puesto que Aña no tenía paciencia ya que trabajaba impulsado por la envidia y no el amor, utilizó los colores que tenía a mano: el verde descolorido, el blanco amarillento y

el negro, y lo pintó tal como vio que Tupa lo hizo con el Mainumbí.

—Ya está. No hay razón para que no salga igual de bonito que aquel pájaro —Aña masculló como era su costumbre.

Aña sopló en su obra y ordenó:

—Vuela, vuela, pajarraco —y lanzó el pedazo de arcilla.

No obstante, su creación no voló y ni siquiera se quedó suspendida en el aire. Más bien se escuchó un tum.

—¿Dónde estás que no te veo? —dijo Aña observando el cielo, convencido de que su obra volaba con tanta velocidad que había desaparecido rumbo al infinito.

Desgraciadamente, no fue así.

—Cu, cururú. Cu, cururú —escuchó un sonido a sus pies.

—¡Eh! ¿Qué te ha sucedido que no vuelas? ¿Acaso te atreves a desobedecerme? —Aña gritó buscando por el suelo.

Allí, sentado entre la hierba, se hallaba un animal de grandes ojos y piel viscosa en tonos verdes, amarillentos y negros. No tenía alas y en vez de volar, saltaba.

—¡Ay, no! —gritó furioso Aña y se regresó al fondo de la tierra, a donde pertenecía.

Sin desearlo, Aña había creado un sapo de cuerpo grotesco, piel gruesa y pardusca cubierta de verrugas en el dorso y amarillenta en la panza, de donde fluye un líquido de olor fétido. A este sapo, creación de Aña, se lo llama Cururú en guaraní.

Y... ¡Sanseacabó!

El Muki
(Perú)

Pues dizque en épocas no tan lejanas, llegaron los nuevos dueños de una mina cercana a Cajamarca. Eran tres hermanos: Francisco Gonzalo, Francisco Javier y Francisco Miguel. La madre, quien fue una abnegada mujer casada con un malhechor, tenía gran devoción por San Francisco de Asís, razón por la cual sus hijos llevaban aquel nombre. Sin embargo, lo que ellos tenían en común con su santo patrono, conocido por su bondad, era lo mismo que una boa constrictor tiene con una mariposa: nada. Los tres Franciscos eran malos. Malos de verdad. Malos con ganas. Malos por ser malos. Malos de malos.

Llegaron a la mina un viernes trece cabalgando en tres yeguas negras. Los tres vestían de igual manera: pantalones de montar y chaquetones de cuero pardo. Unas bufandas color vino protegían sus cuellos del intenso frío. Hasta ahí llegaba el parecido entre ellos, puesto que de aspecto eran totalmente diferentes: el mayor era gordo, bajito y rubio; el segundo, moreno alto y flaco; y el tercero, mediano de estatura y de cabellos castaños.

El capataz salió de su pequeña casa a recibirlos. Se le notaba angustiado. No esperaba la llegada de los Franciscos hasta la siguiente semana.

—Vaya, qué gusto, patrón. Manuel Guamán —repitió tres veces estrechando la mano a cada uno de los hermanos.

Era un hombre mayor que tenía fama de llevarse bien con los mineros. Ese era el motivo por el cual los tres hermanos habían decidido mantenerlo en el puesto.

—Dirás más bien "qué sorpresa", ¿no? —intervino con ironía el rubio Francisco Gonzalo.

Los otros dos hermanos rieron la ocurrencia dirigiendo miradas malévolas a Manuel Guamán.

—Perdón, patrón, es que vino un mensaje de que ustedes llegarían a La Esperanza la...

—¡La Fortuna! ¡Ese es el nombre de la mina ahora, idiota! —le interrumpió Francisco Gonzalo.

—Nada de La Esperanza. Nosotros ya sabemos, con seguridad, que tendremos fortuna —intervino el moreno Francisco Javier.

—¡Bien dicho! —apoyó Francisco Miguel y, para probarlo, hizo corcovear a su yegua tan cerca de Manuel, que este se vio obligado a retroceder, perdió el equilibrio y cayó.

Esto fue celebrado con risotadas por los tres Franciscos.

—Tendrás que aprender a pararte en firme y con los ojos abiertos, inclusive en la nuca, si quieres mantener tu trabajo —se burló Francisco Miguel.

—Creo que tenemos que conocer la mina ahora, aunque sea la entrada, y mañana ya tendremos tiempo de ver todo —sugirió Francisco Gonzalo mirando al cielo que oscurecía.

Manuel los observó con ojo crítico, sin pronunciar una sola palabra. El antiguo dueño había sido una buena persona. ¡Lástima que muriera y los herederos vendieran la mina!

Caminaron por el socavón. El capataz portaba una lámpara de carburo con las que alumbraban en aquellos tiempos. Los tres hermanos le seguían de cerca hablando en voz alta, bromeando entre ellos y felicitando al padre ausente quien compró la mina para que sus muchachos tuvieran con qué entretenerse.

Se aproximaron a una gruta cavada en la pared y alumbrada por dos lámparas a cada lado. Dentro estaba una figura de barro de un hombrecito blanco. Vestía un largo poncho tejido de lana de alpaca que le tapaba los pies. Tenía cabellos y barbas de cabuya pintada de amarillo. En la cabeza había dos pequeños cuernos de vaca que, si no hubiera sido por la expresión general de su rostro, habrían parecido graciosos. Los ojos hundidos y muy cerca uno del otro eran pedazos de vidrio, y la boca enseñaba una sonrisa que más tenía de amenaza.

—¿Quién es este? —preguntó uno de los Franciscos.

—Es la imagen del Muki. El dueño de esta mina —contestó Manuel Guamán con un tono de voz que transmitió orgullo, respeto y temor a la vez.

—¡Ja! Dueño de esta mina —lo imitó otro Francisco—. ¿Este enano sinvergüenza pretende ser el dueño de nuestra mina? ¡Huyyyy, qué miedo!

—No es bueno burlarse del Muki —aconsejó Manuel meneando la cabeza y con una expresión preocupada—. El Muki puede dar y puede quitar —añadió misteriosamente.

—No te preocupes. En la ciudad hay muchos *muki* y ninguno ha logrado asustarnos ni quitarnos nada —se jactó Francisco Gonzalo.

—La verdad es que no somos campesinos para creer en estas cosas —dijo Francisco Javier—. Por algo hemos viajado: París, en Francia; Roma, Italia; en fin... —la última palabra hizo un eco que se extendió por el socavón:

—Fin, fin, fin.

Esa misma noche, después de tomarse un chocolate bien caliente para el frío que les calaba hasta los huesos, Francisco Gonzalo envió a llamar a Manuel. Aquella conversación le recordó algo.

—Escuchen —se dirigió a sus dos hermanos antes de que llegara el capataz—. Hay leyendas que dicen que los enanos son dueños de las minas de oro o de plata más grandes del mundo.

Los dos Franciscos se alzaron de hombros.

—Es que no entienden —se quejó Francisco Gonzalo—. Podemos utilizar a este Muki para lograr que los mineros trabajen más y por menos paga. ¡Seremos más ricos a costa de esta estúpida leyenda!

Esta vez sí comprendieron. Si de estafas se trataba, estaban listos a escuchar.

Entonces, Francisco Gonzalo pasó un brazo por encima del cuello de cada hermano. Se agacharon los tres y dialogaron en voz baja sobre la manera como engañarían a los mineros usando sus mismas creencias.

—Buenas noches, patrón, digo, patrones —saludó Manuel desde la puerta que había abierto con mucho sigilo hacia un buen rato.

—Quiero que nos cuentes todo lo que sabes del Muki —ordenó Francisco Gonzalo sin contestar el saludo.

Los tres hermanos se sentaron en unos sillones. Manuel Guamán se quedó de pie junto a la puerta.

—Los *muki* vienen del Uku Pacha, el mundo de abajo —comenzó el relato Manuel—. Dicen que son pequeños diablitos o demonios y que...

—Corta. Corta. Corta. Te pregunté por el de aquí —Francisco Gonzalo lo interrumpió señalando al piso con el dedo índice.

Manuel suspiró.

—Vea, patrón, el de aquí y los de otras minas son muy parecidos en muchas cosas —explicó armándose de paciencia ante aquellos seres ignorantes y groseros.

Francisco Gonzalo frunció los labios en un gesto desagradable y le pidió que continuara.

Manuel contó que los *muki* lanzaban penetrantes silbidos para anunciar el peligro a los mineros que les simpatizaban y ellos de igual manera silbaban pidiendo ayuda. Manuel silbó para indicarles el sonido antes de continuar con el relato.

—Los *muki* saben premiar o castigar, según sus simpatías o antipatías. Ablandan o endurecen las vetas de oro, las hacen aparecer o desaparecer. Por ejemplo, el Muki de aquí nos quiere y...

—Bien, bien. Pues no pensarán en hacer nada para que el Muki deje de quererlos, ¿no? —dijo Francisco Gonzalo tratando de aparentar una seriedad que no sentía.

—Los *muki* son leales con sus amigos. Pero no perdonan a quienes consideran enemigos suyos o de sus amigos —Manuel se detuvo pensando y continuó—: y no envejecen jamás. Se vuelven invisibles o visibles a voluntad, susurran en los oídos de los mineros o se aparecen en sus sueños para prevenirlos de algún peligro, pero, sobre todo, no les gusta la gente que duda de su existencia.

En este punto del relato, los Franciscos aseguraron, fingiendo mucha seriedad, que ellos habían cambiado de opinión y que sí creían en el Muki.

—El Muki concede favores, como lo mencioné, hace pactos y alianzas y espera la misma reciprocidad. Esa es la razón por la cual siempre hay que cumplir con él, pues prefiere ser amigo de personas honorables que tengan palabra —concluyó Manuel.

—¿Hay manera de atraparlos? —quiso saber Francisco Miguel sin prestar ninguna atención a lo de "personas honorables".

—Sí —afirmó Manuel—. Se logra atraparlo utilizando un *shicullo*, que es una soga de cerda de caballo. El secreto es que de inmediato hay que cubrirlo con alguna prenda de ropa de quien lo atrapó. Esto lo inmoviliza. En ese momento, se debe amenazar al Muki con llevarlo afuera para que le dé la luz del sol.

Solo entonces acepta cualquier trato, porque tiene terror a los rayos del sol; si lo tocan, lo matan.

—¿Qué trato? —esta vez le interrogó Francisco Javier.

—Lo que se desea —repuso Manuel.

—¡Ajá! Pues, muy bien —Francisco Gonzalo se frotó las manos—. Nosotros atraparemos a este Muki.

En este punto de la conversación, escucharon un silbido parecido al que había emitido Manuel hacía un momento.

—¡Ah, caray! Ahí está el Muki buscándote. Le debes caer bien —bromeó Francisco Gonzalo.

Manuel explicó que era su nieto que volvía del trabajo en la mina. Se despidió de sus patrones y salió presuroso, mientras ellos miraban un mapa de la mina.

Pero ni bien se cerró la puerta, volvió a abrirse otra vez.

—¿Tienes algo más que decirnos, Manuel? —Francisco Gonzalo levantó la mirada hacia allá.

—Él no, pero yo sí —respondió un hombrecito de tan solo medio metro, fornido y desproporcionado.

Tenía la piel muy blanca, y los cabellos y la barba rubios. La cabeza de pequeños cuernos protuberantes estaba unida directamente al tronco pues no tenía cuello. Al caminar, el filo de su poncho de lana de alpaca se levantaba dejando ver un par de pies anchos y planos.

—¿E-e-e-eres...? —trató de preguntar Francisco Gonzalo.

—Sí, soy yo —contestó con altanería el hombrecito, observando a los tres hermanos con una mirada agresiva de reflejos metálicos.

Las lámparas de gas se apagaron al mismo momento.

Pasó el tiempo y dos meses más tarde llegó un comprador interesado en la mina La Fortuna.

Manuel lo llevó a conocer el socavón.

—¿Qué es esto? —dijo el hombre cuando se detuvieron delante de la gruta del Muki al señalar tres chaquetones de cuero de color pardo que colgaban de unos clavos. Encima de cada uno estaba grabada una letra F.

—Recuerdos que le dejaron los antiguos dueños. Los tres se llamaban Francisco —explicó el capataz.

—Ah, caramba, pues el Muki de esta mina debe ser muy especial. Estas prendas son bastante costosas —se sorprendió el comprador.

Por el socavón se escuchó la voz de Manuel Guamán que explicaba que el Muki de aquella mina era amigo de los mineros y que los protegía y prevenía de cualquier peligro o injusticia, sea cual fuere, viniera de donde viniera.

Y... ¡Sanseacabó!

El mito de los hermanos Ayar
(Perú)

Cuentan los abuelos que, cuando el gran diluvio cesó y Pacha Mama, la Tierra, volvió a secarse, surgieron de una cueva llamada Pakaritampu, que quiere decir "posada del amanecer", en las montañas Tampu Toko, es decir "la gran posada", los hermanos Ayar, antepasados de los incas. Eran Ayar Manku y su mujer Mama Ukllu; Ayar Kachi y Mama Kura; Ayar Uchu y Mama Rawa y, finalmente, Ayar Auka y Mama Waku. Todos eran hijos del Inti, el dios Sol, concebidos por este en el lago Titikaka, y tenían la misión de formar un reino en su nombre, un reino que gobernaría las cuatro esquinas del mundo. Ayar Manku llevaba un bastón de oro con la consigna de que, allí donde se hundiera, en ese punto debían levantar la ciudad. Los hermanos Ayar partieron desde aquella montaña sagrada seguidos por los miembros de diez aíllos. Los aíllos estaban formados por diez familias. Si estamos bien en matemáticas, quiere decir que iban acompañados por un montón de gente.

—Iremos hacia el norte —ordenó Ayar Manku, que, por ser el hermano mayor (y portar el bastón de oro), se tomaba muy en serio su posición.

—Estoy de acuerdo —intervino Mama Ukllu quien, al ser la mujer del hermano mayor, también se tomaba muy en serio su papel.

—Está bien, de acuerdo —repusieron los otros hermanos y sus parejas, quienes, siendo los menores, se conformaron con aceptar su lugar.

Por supuesto que los altercados no se hicieron esperar.

En pleno viaje, Ayar Kachi se despertó con mucha hambre y esto lo puso de malhumor. Hay que explicar que él, de por sí, era de malas pulgas y de un genio bastante difícil.

—Oye, Manku. He pensado bien y creo que estamos haciendo una estupidez al viajar sin comida y sin agua —dijo plantándose delante de su hermano con los brazos cruzados sobre el pecho.

—¿Qué te hace pensar que estamos haciendo algo estúpido? ¿Ah?

Ayar Manku también cruzó los brazos sobre el pecho y enfrentó a su segundo hermano.

El tercer y cuarto hermanos decidieron ponerse de parte del primero y ellos también exigieron a Ayar Kachi que contestara.

—Las tripas vacías me suenan tanto que casi no puedo escucharlos —gritó Ayar Kachi.

—¡A ti te suenan las tripas por cualquier tontería! —se burló Ayar Manku.

—Lo que tienes vacía es la cabeza —intervino Ayar Auka.

Los tres hermanos rodaron por el suelo en plena pelea.

—¡Basta! ¡Basta! —los detuvo Mama Waku, la mujer de Ayar Auka, que era de carácter fuerte.

—Yo regresaré a buscar comida en la montaña de donde salimos antes de alejarnos del todo —dijo Ayar Kachi limpiándose el polvo—. Les sugiero que, mientras tanto, ustedes busquen semillas y agua.

Puesto que en realidad era una buena sugerencia, Ayar Manku se tragó su orgullo y aceptó.

Entre tanto, Ayar Kachi regresó a la montaña de origen y eligió investigar primero en una gran caverna llamada Kapaktoko, que significa "ventana principal". Entró acompañado de un sirviente. El sirviente, que estaba de acuerdo con los otros tres hermanos, tapó la salida de la caverna con una gran piedra y dejó encerrado a Ayar Kachi. Al verse cautivo, Ayar Kachi dio gritos tan atronadores y golpeó las piedras con tanta fuerza que esta es la razón de la existencia de los terremotos, ya que todavía está allí encerrado y sacude las paredes para salir.

Los otros siete hermanos, al ver que no regresaba Ayar Kachi, continuaron el viaje seguidos de la gente que formaba los diez aíllos.

Camina, camina, camina, llegaron a un monte al que luego darían el nombre de Wanakauri.

—Miren esto —señaló Mama Waku que, por intrépida y curiosa, se adelantó y los esperaba junto a un ídolo de piedra.

—Yo soy Wanakauri —se presentó el ídolo con una voz de trueno.

Los siete hermanos Ayar se inclinaron llenos de respeto y temor frente a este personaje sagrado.

Bueno, en realidad, fueron seis los que sintieron temor. Ayar Uchu, que tenía un carácter bastante infantil, decidió ponerse a jugar.

—¿Quién se atreve a subirse a la espalda de Wanakauri? —desafió a sus dos hermanos en un susurro.

Ayar Auka entornó los ojos disgustado.

—Hazlo tú si te atreves —lo desafió a su vez Ayar Manku.

Ayar Uchu sintió el peso de la mirada de expectación del montón de personas que los acompañaban.

—No lo hagas —pidió su mujer Mama Rawa, con el buen sentido de las esposas.

Aquella advertencia llegó muy tarde. Ayar Uchu dio un salto. Se subió a la espalda de Wanakauri y se quedó petrificado convertido en una *waka*, es decir, un lugar sagrado, y prometió que desde allí protegería a sus descendientes.

Los otros hermanos prometieron que realizarían la celebración del Warachiko, el ritual de la iniciación de los varones, en homenaje de Ayar Uchu.

Camina, camina, camina, los seis hermanos llegaron a la llanura del Sol. Allí se encontraron con gente que quiso impedir su paso.

Ayar Auka tuvo una inspiración: él se sacrificaría para que su hermano Ayar Manku y las cuatro hermanas lograran continuar avanzando. Miró al Inti, el dios Sol, y se convirtió en una *wanka*, una piedra enorme y con poderes mágicos que asustó a los atacantes.

—Continúen sin mí —pidió Ayar Auka.

Antes de perder la voz para siempre, profetizó que su hermano Ayar Manku gobernaría el sitio sagrado donde fundarían la ciudad del Sol. Por lo tanto, debería ser llamado Kapac, o señor principal.

Camina, camina, camina, Manku Kapak y sus cuatro hermanas llegaron a un paraje hermoso rodeado de montañas.

—Siento que nos observan —dijo Mama Waku, la guerrera, y alistó la lanza que siempre llevaba.

En ese momento, fueron atacados por el ejército de los wallas. Mama Waku organizó también un ejército y se lanzó a la batalla. Buscó al jefe de los wallas y lo atravesó con su lanza. En su furia dicen que le sacó el corazón y se lo comió.

—Bien, aquí descansaremos por un tiempo antes de continuar —dijo Manku Kapak arrimándose en el bastón de oro, como tenía por costumbre, pero sin querer fue a dar en el suelo.

—¡Miren, miren! —señaló Mama Ukllu emocionada—. ¡Creo que este es el sitio indicado por nuestro padre el Inti para construir la ciudad!

El bastón de oro se había hundido en la tierra casi por completo.

—Parece que sí —admitió Ayar Manku poniéndose de pie y limpiándose el barro adherido a su piel.

Fue allí donde Ayar Manku fundó una ciudad a la que llamó Cusco, que en quechua significa "ombligo del mundo». Cusco fue la capital del Tahuantinsuyu, el Imperio de las Cuatro Esquinas. Ayar Manku se cambió de nombre a Manku Kapak y quedó establecida la dinastía de los emperadores incas.

Y... ¡Sanseacabó!

La leyenda de la garita del diablo
(PUERTO RICO)

Pues dizque en la época en que los piratas atacaban la isla de Puerto Rico, cuando se llamaba isla de Borinquen, la ciudad capital estaba protegida por murallas y castillos. Todavía está allí y se puede caminar por ella y conocer el lugar donde transcurrió esta leyenda. Una noche oscura, a eso de la medianoche, hacían el cambio de guardia. Los nuevos centinelas se aprestaban a colocarse en sus sitios. Lo curioso era que todos se "adueñaron" con gran interés de las diferentes garitas desde donde montaban guardia, sin tener en cuenta la más distante y solitaria que quedaba sobre el acantilado.

—¡Soldado Pérez! —llamó la atención el brigadier—. Aprenda el ejemplo de sus compañeros. Ellos ya están en su garita correspondiente mientras que usted arrastra los pies para acercarse a la suya. ¿Qué le sucede?

—Permiso para hablar, señor —solicitó el soldado Pérez cuadrándose delante de su superior.

—Concedido, pero que sea rápido —ordenó el brigadier, que era un oficial joven recién transferido.

—Esa garita está hechizada —aseguró el soldado.

—Ah, ya comprendo. La razón de que todos corran a las garitas con tal empeño y de que usted vaya de mala gana a la que quedó libre es el miedo —el brigadier habló en tono burlón.

El soldado se miró las puntas de las botas sin atreverse a contradecir.

—Vamos a ver, cuénteme la razón para que digan tal tontería —mostró interés el brigadier.

—Dicen que hace algunos años el soldado que hacía la guardia en esa garita desapareció sin dejar rastro, y que un olor a azufre quedó en el ambiente durante más de un mes. Aseguran que el diablo se lo llevó —explicó el soldado animándose mientras contaba—. Por ser la garita más lejana y solitaria, es la que el diablo ha escogido para dormir y no le gusta que otros la ocupen —concluyó satisfecho de la confianza que le ofrecía el brigadier al pedirle que contara aquella historia.

—¿Usted cree eso? —la voz del sargento hizo la pregunta en un tono sospechosamente amistoso.

—Sí, señor. Sí lo creo, y es por eso que no quería ir a...

—¡Silencio! —lo mandó a callar el oficial—. Durante los tres meses siguientes hará la guardia, durante la noche, en esa misma garita del diablo. ¡Comprendido!

El soldado se cuadró otra vez, se llevó la mano a la frente y lanzó un "sí, señor", firme y sonoro.

Por supuesto que, una vez en las barracas, el soldado Pérez fue objeto de burlas por parte de sus compañeros que eran supersticiosos y que, en el fondo, se sentían encantados de no tener que preocuparse de montar guardia en aquella garita durante tres meses.

—Si desapareces, tendremos una buena idea de quién te ha llevado y a dónde, y nadie querrá ir a buscarte —dijo uno de sus compañeros, poniendo un dedo índice a cada lado de la cabeza imitando los cachos del demonio.

—Desaparecido mientras cumplía con su deber —anunció un segundo imitando la voz del brigadier.

El soldado Pérez se quedó pensativo, lo que ocasionó las burlas generales al ser acusado de que se moría de miedo. Estaba harto del ejército. Además, se encontraba muy enamorado de una muchacha preciosa que también lo correspondía, pero, mientras fuera soldado, jamás podría casarse con ella puesto que su brigadier prohibía entablar noviazgo con muchachas que no fueran españolas. Sintiéndose inspirado, tomó una pluma y un tintero y escribió una larga carta.

—Pues este deja hecho su testamento —embromó un soldado.

El domingo que el soldado Pérez salió franco, es decir, con día libre, fue a misa. No era muy religioso, pero había visto entrar en la iglesia a una morenita llamada Carmen.

Carmen, cubierta por un manto, tenía la mirada fija, llena de devoción en el altar. Su madrina, una dama alta y corpulenta, miraba de hito en hito incluyendo el más recóndito rincón de la iglesia, igual que el más consumado cancerbero. Quería evitar a toda costa que hombre alguno se acercara a su ahijada huérfana y dueña de una considerable fortuna, y peor aquel soldado español que la andaba rondando.

Pérez trató de esconderse detrás de un pilar, mas la mirada de la madrina alcanzó a taladrarlo en acción.

—¡Te está prohibido hablar con ese soldado! —ordenó la tía, que era más estricta que un mariscal en plena batalla.

—Ah, ese. No creo que esté aquí en misa. Usted debe estar viendo visiones, madrina —dijo la muchacha palpando la frente de la tía.

—Ah, deja, deja —se sacudió la tía de la mano de la ahijada—, me siento bien y no estoy ciega. Por más señas, está escondido detrás del pilar cerca de la pila de agua bendita.

Carmen se arrodilló y elevó el rostro con una sonrisa angelical.

Cuando terminó la misa, las dos caminaron hacia la salida. Al pasar por la pila de agua bendita, Carmen resbaló y tuvo que sostenerse de uno de los extremos tallados.

—¡Cuidado, niña, que siempre resbalas en este mismo sitio! —amonestó la madrina.

Mientras se alejaron. El sargento Pérez se acercó a la pila, mas no tomó el agua bendita sino que buscó entre los arabescos hasta encontrar un papelito doblado. Lo desdobló con ansiedad y lo leyó moviendo los labios. Después, no pudo contener un grito de alegría.

Al atardecer, mientras comían, el soldado Pérez conversó con sus compañeros.

—No sé por qué tengo el presentimiento de que me sucederá algo terrible —se quejó después de limpiarse los labios con el reverso de la mano.

—Será algo que tenga que ver con el diablo —explicó un compañero tratando de sonar tétrico.

—Podría ser —intervino otro—. Ya hace un mes que usas su garita y estará cansado de compartirla contigo, digo yo.

—Anoche olía a azufre, de tal modo que tuve que rezar un padrenuestro, y ni así se fue el olor —confesó Pérez haciendo una mueca de susto.

Los otros callaron. A veces aquellas cosas de diablos, fantasmas, almas en pena podían resultar ciertas.

Esa noche, el soldado Pérez fue a la garita siguiendo sus órdenes. Igual que todas las noches, los soldados gritaban uno al otro:

—¡Alerta, centinela!

—¡Alerta, está! —respondía el siguiente y más cercano.

Los gritos de alerta se repitieron dos rondas pero, al llegar la tercera, en la garita más lejana y solitaria, donde hacía la guardia el soldado Pérez, nadie contestó.

Recordando aquella conversación de la tarde, los soldados se pasaron la noche intranquilos sin saber qué había pasado con su compañero. Por fin, cuando llegó la guardia de relevo, fueron a buscarlo. Allí, en la garita, encontraron su uniforme completo, inclusive con las botas y el arma. Debajo, las olas pegaban con fuerza contra el acantilado y el viento ululaba cual alma en pena.

—¡Se lo llevó el diablo!

Los susurros de los soldados se mezclaron con la garúa que empezó a caer.

Mientras tanto, dos mujeres se alejaban de la ciudad. Iban hacia al campo, donde planeaban comprar una pequeña finca y mantener una familia.

Una de las mujeres, bastante alta, llevaba el rostro envuelto con la misma pañoleta que cubría su cabeza. La otra era una guapa morena de ojos brillantes.

—¿Qué dirá mi madrina cuando eche de menos su ropa? —preguntó la morena sonriendo con travesura.

—Pues mucho más que mi brigadier cuando encuentre la mía —concluyó la alta en un tono por demás varonil.

Y... ¡Sanseacabó!

El mito de la ceiba de Guanina y Sotomayor
(Puerto Rico)

Cuentan los abuelos que los árboles de ceiba en Puerto Rico son mágicos. Eso me lo han asegurado. Y es verdad. Por las noches, cuando el viento agita las ramas de este frondoso árbol, se oye un murmullo que no producen las hojas sino dos voces del pasado que se dicen palabras de amor, se ven luces que brillan como cucubanos y se esparce un perfume delicado.

Cuando los españoles llegaron a la isla de Borinquen, se encontraron con los taínos, que en su lengua significa "buenos". Los conquistadores fingieron entablar amistad y tratarlos con igualdad, mas, en poco tiempo, el pacto fue olvidado y los trataron como siervos.

—Yo propongo que ataquemos al enemigo —se expresó con fuerza Guarionex, un guerrero taíno.

—Estoy de acuerdo. Hemos esperado demasiado —reconoció el cacique Agüeybaná, jefe supremo de toda la isla—. Los barbudos tienen las armas escuperrayos, pero nosotros encontraremos la manera de librarnos de ellos. Mataremos primero a Sotomayor. Al caer el jefe, caerán los demás —argumentó mientras conversaban en su bohío.

A continuación habló otro guerrero y otro más, y al final quedaron de acuerdo en que el ataque a la población de Sotomayor la harían la noche siguiente.

Afuera, escondida en la oscuridad, la hermana del cacique escuchaba con atención, mientras se estrujaba las manos con nerviosismo. Era Guanina, "resplandeciente como el oro", la bella muchacha que cometió la peor falta castigada con la muerte: enamorarse de un soldado español y ser correspondida.

Antes de despedirse, el cacique quiso saber si los hombres tenían otros temas para tratar.

—Sí. Guanina —dijo Guarionex pronunciando el nombre de la muchacha con delicadeza.

Ella se estremeció por el temor al escuchar su nombre. Sospechaba lo que vendría.

—¿Qué sucede con mi hermana menor? —lo interrogó Agüeybaná.

—Deseo tomarla por esposa... Si tú estás de acuerdo —expresó Guarionex.

—¡Vaya, vaya! ¡El más valiente de mis guerreros y mejor amigo me pide autorización para casarse con Guanina! ¿Qué? ¿Esperas que lo acepte? —Agüeybaná fingió enojarse.

—En realidad yo creía que tú... Es decir... que a ti no te importaría... —Guarionex tartamudeó sin saber qué esperar.

Los otros hombres allí reunidos se rieron.

—¡Claro que sí! Tienes mi palabra. Me gusta la idea de que seas parte de nuestra familia.

El cacique dio una palmada tan fuerte en la espalda del joven guerrero, que el golpe se escuchó hasta fuera.

Guanina se cubrió el rostro con las manos. Ella estaba esperando la ocasión para hablar con su hermano justamente acerca de Cristóbal de Sotomayor; el amor que ambos se profesaban y el deseo que él tenía de ayudar a los taínos. No obstante, después de escuchar aquella conversación, sabía que era imposible que su hermano se echara para atrás.

En su angustia, no notó que el cacique salía junto a Guarionex. Era una noche clara y su silueta se dibujaba con facilidad contra la vegetación que rodeaba a la cabaña.

—Guanina, estás aquí. Qué bien —la saludó el cacique. Después posó su mano derecha encima del hombro de la muchacha y la izquierda en el de Guarionex—. He aceptado que seas su mujer. La ceremonia se realizará dentro de dos lunas. Una vez que nos liberemos de todos y cada uno de los salvajes extranjeros.

—No —dijo con firmeza Guanina y salió corriendo del bohío.

—No te preocupes. Es la emoción —explicó Agüeybaná, para quien habría sido imposible comprender que una mujer se negara a aceptar su voluntad y, más aún, siendo su hermana menor.

Guanina no se detuvo en su carrera hasta llegar al poblado donde vivía Cristóbal de Sotomayor. Tenía que advertirle sobre el ataque.

—Si nosotros contraatacamos, será el fin de cualquier acuerdo al que queramos llegar —razonó Sotomayor—. Será mejor que vayamos a hablar con el gobernador ahora mismo. Él podría dialogar con tu hermano y quizás evitar la guerra.

Seguido, se abrazaron. Su amor era tan grande que estaban dispuestos a todo para poder vivir juntos toda la vida.

Pocas horas después de comenzado el viaje, escucharon voces y pisadas entre la maleza a los lados del camino. Guanina iba sentada en el anca del caballo de Sotomayor y abrazada de su cintura.

De repente, escucharon una voz que gritaba.

—Escucha, Sotomayor. Los tenemos rodeados. ¡Prepárate a morir!

¡Era Guarionex!

—¡Si no lo matas, me iré contigo! —suplicó la muchacha al instante.

Parece que estas palabras aumentaron la ira del guerrero, quien salió de la maleza gritando con furia.

Sotomayor desmontó y dio las riendas a Guanina.

—Huye, por favor, huye —pidió a punto de fustigar al caballo, pero ella también desmontó de un salto negándose a dejarlo solo.

En ese momento, Guarionex se acercó con su lanza en ristre, Sotomayor levantó su espada. Sabía que no tenía escapatoria. Cuando en eso, Guanina se interpuso y la lanza de Guarionex atravesó su cuerpo.

—¡Nooo! —gritó Sotomayor con los ojos llenos de lágrimas.

Ese mismo instante, una flecha lo alcanzó y cayó muerto encima del cuerpo inerte de Guanina.

Los españoles los enterraron uno al lado del otro junto a una ceiba. Sin duda, de allí volaron las semillas y otros árboles nacieron. Por esta razón, en las ceibas de Puerto Rico se oye un murmullo que no producen las hojas sino dos voces del pasado que se dicen palabras de amor.

Y... ¡Sanseacabó!

La leyenda de la Ciguapa
(República Dominicana)

Pues dizque don Toribio Báez se sorprendía cada mañana, durante las dos últimas semanas, cuando iba a los establos. Y no era para menos; las colas y las crines de sus caballos amanecían peinados en trenzas finas y apretadas. Y no solo eso, sino que uno de los animales siempre parecía cansado y cubierto de sudor como si lo hubieran cabalgado toda la noche.

—¡Ay, caramba! —se quejaba sin entender ni quién hacía aquella travesura ni cómo, puesto que no había señales de que la puerta hubiese sido forzada, ni había huellas, ni nada.

Estando así las cosas, su compadre, don Mariano Oviedo, fue a anunciarle la boda de su hija Sylvia, la ahijada de don Toribio.

Luego de las felicitaciones, los abrazos y las palmadas en la espalda al afortunado novio, pasaron a tomar un ron añejo que don Toribio guardaba para las ocasiones especiales.

—¡A mi madrina le habría encantado esta noticia!
—opinó Sylvia con una sonrisa triste, recordando a
doña Concepción, fallecida dos años atrás.

—¡Ay, hijita! Ya me imagino su entusiasmo. Ya te
estaría tomando las medidas para confeccionarte el
traje de novia —dijo don Toribio—. Yo la echo mucho
de menos y me siento muy solo. Encima de todo,
ahora se ha presentado este condenado misterio...
—añadió.

—¿Qué misterio? —quiso saber don Mariano.

Don Toribio contó el caso de las crines y las colas
trenzadas de sus caballos y el visible agotamiento de
uno de ellos.

—Pues, algo parecido sucedió en la finca de mis
abuelos cuando yo era pequeño. Lo recuerdo muy
bien —intervino el novio, un muchacho agradable
llamado Antonio.

Todos aguardaron con interés sus palabras.

—La culpable fue la Ciguapa y no me sorpren-
dería que ahora fuera ella también —dijo Antonio
arrellanándose en un sillón con claras intenciones de
continuar con el relato.

—¡Claro! Debe ser la Ciguapa —estuvo de acuerdo don Mariano—. Pero continúa, hijo, continúa. Yo
solo quería mencionar que a la Ciguapa se le atribuye
robar el maíz que se siembra en los conucos y la man-

teca en las cocinas. Dicen que le gusta cabalgar por las madrugadas en los llanos y además...

—Papá... —intervino Sylvia, y su mirada fue del rostro de don Mariano al de Antonio seguida de una inclinación de cabeza.

—Disculpa, hijo. Continúa, continúa —pidió don Mariano—. Es que el tema de la Ciguapa me apasiona. Es un ser que dicen que vino de África a nuestra tierra quisqueyana, aunque los estudiosos aseguran que nace de la cultura ciguayo, los antiguos habitantes de nuestra Tierra. Es algo parecido a una duende o algo así, no se sabe bien qué es. Pero aseguran que se ve muy bonita, de tez dorada, grandes ojos negros y con un pelo negrísimo, largo, largo, largo y sedoso que la cubre entera, además...

—¡Papá! —exclamó Sylvia abriendo los ojos.

—Ah, claro, disculpa, hijo. Continúa, continúa. Yo solo quería añadir que dicen que la Ciguapa o mejor dicho, las ciguapas, ya que han visto varias, son muy tímidas, inofensivas, que salen solo por las noches y emiten un sonido parecido a un gemido suave o un maullido, que es la única forma en la que pueden comunicarse entre ellas y además...

—¡Pa-pá! —Sylvia dividió la palabra en dos sílabas que pronunció con fuerza—. Creo que Antonio desea contarnos algo.

—Como no, hijo, sigue, continúa, continúa tú. Yo no más añadiré que cuentan que las ciguapas tienen un corazón muy sentimental. Que, si se enamoran de un hombre, lo embrujan, se dejan amar y luego lo matan. Claro, que morir a manos de la Ciguapa debe ser muy romántico. Esto es lo poco que puedo decir —concluyó don Mariano.

Antonio, visiblemente contrariado, no dijo nada más hasta que Sylvia insistió en que continuara con lo que había comenzado a decir.

—Bueno... si todavía lo recuerdo... —Antonio se detuvo. Al ver que don Mariano no lo interrumpía siguió relatando—: por las mañanas encontraban huellas de sus pies. Como dicen que los tiene volteados, nadie podía saber a ciencia cierta en qué dirección llegaba o se marchaba. Una noche, mi abuelo decidió ocultarse en el altillo de la caballeriza. La luz de la luna llena entraba por unas tablas rotas del entechado dando al lugar un toque mágico. De repente, una mujer pequeñita y hermosa de largos cabellos negros se materializó junto a los caballos y empezó a trenzar sus colas. Decía que jamás habían visto un ser tan hermoso y de aspecto tan dulce. Iba a ir a su encuentro, pero tuvo la buena idea de santiguarse y de inmediato sintió que le entraba un sueño tremendo, así que se quedó dormido. Al despertar, ella no estaba y todas las colas y las crines de los caballos se hallaban trenzadas y...

—¿Hay manera de atrapar a una de estas criaturas? —interrumpió interesado don Toribio.

Antonio se quedó pensando y dijo no saberlo.

—A mí me lo dijeron. Si quieren, se los cuento —sugirió don Mariano y, sin detenerse a escuchar la respuesta, prosiguió—: Para atrapar a una ciguapa hay que hacerlo en noche de luna llena y con un perro que tenga seis dedos en las patas y la piel de dos colores. Pero no es aconsejable hacerlo. Dicen que las ciguapas no resisten estar en cautiverio y al final mueren de pena.

—Y yo que pensaba atrapar a la que me visita para tener compañía. ¡Pobrecita! —trató de embromar don Toribio, sin embargo, su voz sonó demasiado seria.

Sylvia y Antonio rieron. Don Mariano lo miró con fijeza.

—No lo digas ni en broma, Toribio —aconsejó don Mariano—. Si te oye, te tentará a hacerlo. No para que la atrapes, sino que ella terminará por atraparte a ti.

Cuando se marcharon sus invitados, don Toribio apagó las luces de las lámparas de gas y se fue a acostar. Se despertó a eso de la medianoche. Algo le impulsó a ir a la ventana. Desde allí vio que una luz brillaba en la caballeriza. Pensando que aquella era su oportunidad de descubrir de qué o quién se trataba, fue hacia allá.

Lo primero que sintió al abrir la puerta fue un olor a madreselva que se le metió en el cerebro. Lo segundo fue una mano diminuta que tomaba la suya. Bajó la mirada. Allí, iluminada por varias luciérnagas, una mujer pequeñita y bellísima lo miró sin pestañear con unos grandes ojos negros y apasionados que penetraron en su corazón a modo de flechas.

—¿Eres la Ciguapa? —preguntó don Toribio a pesar de que conocía la respuesta.

—Mmmmiuuu —gimió ella.

A don Toribio le pareció que era el sonido más dulce, tierno y precioso que había escuchado en su vida.

—Ven a mis brazos, criatura hermosa —pidió don Toribio agachándose.

Es momento, la puerta de la caballeriza se abrió y sintió que lo agarraban con fuerza al tiempo que una linterna lo cegaba.

—¿Quiénes son ustedes? ¿Cómo se atreven? —gritó don Toribio.

—Estamos evitando que seas atrapado —aseguró don Mariano.

A su lado se encontraba Antonio.

—¿Dónde está? ¿Dónde está ella? ¿A dónde se fue? —don Toribio sollozó.

—Olvídala, Toribio. Por favor, olvídala. Ella causaría tu muerte. Yo sospeché que tú harías algo así y esa es la razón por la cual volvimos, a Dios gracias, a tiempo —explicó don Mariano.

De regreso en la casa, acostaron a don Toribio, que no cesaba de llorar, y los dos hombres se quedaron a hacer guardia hasta que amaneciera.

Temprano por la mañana, cuando Antonio entró a la habitación de don Toribio y no lo encontró, corrió escaleras abajo a buscar a don Mariano y regresaron juntos.

—La ventana está abierta —observó Antonio—. Es demasiado alto para que don Toribio pudiera saltar desde aquí sin hacerse daño.

—No si lo ayudaron a hacerlo con magia. Observa estas pisadas —señaló don Mariano.

Eran las huellas de unos pies pequeñitos.

—¡La Ciguapa! —se asustó Antonio.

Mientras tanto, don Toribio Báez se encontraba feliz. Caminaba por el bosque sosteniendo de la mano a la mujercita más preciosa y dulce del mundo, que le prometió llevarlo a su cueva, donde vivirían felices para el resto de sus vidas.

Y... ¡Sanseacabó!

El mito del azul sagrado de Atabey
(República Dominicana)

Pues dizque antes de la llegada de los españoles a la isla Quisqueya, que ellos nombraron La Española, el dios o *cemí* principal era Yucahú Bagua Maorocoti. Los taínos lo veneraban en figuras moldeadas con arcilla, talladas en madera, en piedra o hueso, y lo ponían a la entrada de los bohíos donde habitaban. Yucahú Bagua Maorocoti tenía una madre llamada Atabey. Pues la madre era aún más reverenciada que su divino hijo: a ella la veneraban en el azul infinito del cielo y en el horizonte, donde cielo y mar se unen. El mar era una extensión de esta diosa y lo identificaban como el vientre materno, pues lo comparaban con el líquido donde se desarrolla un feto humano o animal. Atabey o Atabeyra era la dadora de vida.

No es de extrañarse que el color azul fuera considerado sagrado. Y tampoco que existiera en la isla una hierba llamada *digo* que, con el pasar del tiempo, se la conocería como añil o índigo, y sirviera para extraer una pintura de un color azul profundo y hermoso con la que pintaron por dentro la cueva Iguanabonia. Allí Atabey era honrada sin imagen alguna, tan solo representada por el azul del infinito.

Al momento de esta historia, dos mujeres caminaban hacia la cueva. Malulani, al ser aún soltera, no se cubría el cuerpo más que con sus largos cabellos y Anani vestía una nagua, una pequeña falda que usaban las casadas.

—Tengo miedo —musitó Anani sin detenerse.

—Recuerda lo que Bibi te aconsejó —indicó Malulani refiriéndose a su mamá—. Que entres a Iguanabonia sonriendo y segura de lo que vas a pedir a Atabey para que ella te lo conceda.

Anani esbozó una sonrisa al pensar en lo que más quería en el mundo: una criatura. Le parecía demasiado el tiempo transcurrido desde su boda para aún tener el vientre vacío como una vasija hueca, al contrario de sus amigas que celebraron sus bodas el mismo día que ella, y andaban por ahí comentando que ya sentían los movimientos del bebé.

—Atabey es poderosa. La lluvia que forma los ríos y el mar nace de su vientre. El padre Sol es parte de ella y la madre Luna también —le recordó Malulani.

—Yo lo sé —se impacientó Anani de que su hermana pequeña le diera lecciones.

Malulani conocía a su hermana y sabía que en aquel momento necesitaba de toda la fortaleza antes de entrar a la cueva. Los débiles que pedían sin fe, no conseguían nada. En realidad, en Iguanabonia, "la cueva de la iguana", la gente iba a pedir lluvia en épocas de sequía pero fue idea de Bibi, la mamá, que Anani pidiera quedar embarazada y que ella la acompañara.

En cuanto distinguieron el sendero que iba hacia la cueva, apresuraron el paso. La entrada era pequeña y tenían que agacharse para poder pasar. Una vez dentro, las paredes de la espaciosa cueva brillaban a causa de los minerales y de algunos rayos de sol que penetraban por agujeros disimulados que producían un efecto de gran hermosura y magia.

Impresionada por la belleza, Anani guardó silencio.

—Estamos en el vientre azul de Atabey —susurró Malulani—. ¿Qué esperas para pedírselo?

Anani cerró los ojos y colocó las manos sobre su propio vientre. Mientras tanto, Malulani sacó de un canasto la pasta azul hecha con digo para untársela en la cabeza y tener visiones. Al contacto con el calor de su frente, la pasta rodó formando riachuelos azules por su rostro.

Malulani esperó tranquila. Quería ver cuántos hijos tendría Anani para contárselo y que dejara de preocuparse si estos se demoraban en llegar.

Cerró los ojos y en su mente apareció un color rojo deslumbrante. Eran los cuerpos desnudos de muchos guerreros taínos, pintados de ese color como demostración de alegría. Esperaban huéspedes ilustres y lo hacían con la acostumbrada hospitalidad de su pueblo. Poco después aparecieron hombres blancos con pelos en el rostro, que lanzaron rayos y mataron a todos.

Malulani contuvo un grito de terror y abrió los ojos para no mirar aquellas imágenes de muerte. A su lado, Anani continuaba orando.

El tiempo que esperó Malulani por su hermana le pareció eterno. Al fin salieron de la cueva. Parecía que los papeles habían cambiado y ahora era Anani la alegre y Malulani, la preocupada. Es que Anani estaba segura que Atabey le concedería un hijo o una hija.

Sin embargo, en aquella visita a la cueva de Iguanabonia, Malulani descubrió lo que sería su destino. Después de conocer por medio de aquellas horribles visiones lo que esperaba a su pueblo, nunca se casó y más bien se preparó a modo de guerrera. Cuando los españoles llegaron a la isla de Quisqueya, Malulani fue una de las feroces líderes que luchó contra ellos y su nombre quedó en los anales de la historia. Era como si los hubiera estado esperando... y así fue. La visión que tuvo en la cueva de Iguanabonia, mientras acompañaba a su hermana, llegó a suceder. Fue la tarde en la cual el conquistador Alvarado exterminó a las principales familias de Majarua (Managua), que en el mundo taíno fue conocida con el nombre de *nun bixa*, "tarde roja". *Nun*, que significa "tarde", y *bixa*, por la planta que produce un tinte rojo, que era utilizado para pintar los cuerpos durante las festividades o para recibir huéspedes ilustres.

En cuanto al color azul que representa a la diosa Atabey, existe un sincretismo religioso que se nota en las cruces de los cementerios en el sur de República Dominicana, que están pintadas de este color, y en las fachadas de las casas de muchos poblados. El azul es sinónimo de lo infinito, de lo absoluto y de lo sagrado. De la diosa madre Atabey.

Y... ¡Sanseacabó!

La leyenda del Perro Gaucho
(URUGUAY)

Pues dizque Luciano Méndez era uno de esos capa-
taces para sacarse el sombrero. De esos que pueden
contar el ganado en la oscuridad, con tormenta de
rayos, y no equivocarse en el número de animales
antes de detenerse o seguir la jornada para llegar
a Montevideo con la tropa completa. En esa época
había ganado chúcaro, que era muy difícil de arrear,
aunque para Luciano eso no era problema. Si llega-
ban a un lugar de pastoreo donde se podía pasar la
noche, un sitio que ofreciera las seguridades de con-
trolarlo, ahí se quedaba. Aunque también podía hacerlo al filo de la montaña si el cansancio se adentra-
ba en el cuerpo. ¡Luciano era un gaucho de verdad
en toda la extensión de la palabra y mucha honra
señor! Sin embargo, Luciano Méndez poseía un secreto para su éxito y su fama: un amigo de cuatro
patas. Amigo, porque era así: su mejor amigo, el más
leal, dispuesto a dar su vida por la de él. Y cuatro
patas: ¡pues las tenía! Como todo perro. Se llamaba

Lobo por el tamaño grande, el color del pelo entre gris y pajizo, los ojos amarillentos que brillaban en la oscuridad y los colmillos enormes. Luciano Méndez lo había encontrado de cachorrito casi muerto en una zanja cuando iba por el campo con una tropa de ganado. Puesto que era hombre de buen corazón y amaba a los perros, se lo llevó metido dentro de su camisa. Lo alimentó con leche y en gotero porque era tan tierno que no podía comer de otra manera.

Pues Lobo era el secreto que tenía Luciano para mantener en orden a la manada. Inteligente, de mordida delicada pero firme, sabía dónde, cuándo y a cuál de las reses debía lograr que obedeciera. Y lo hacía. Después llegaba donde su amo prácticamente contoneándose, y era tal la unión entre hombre y perro que se entendían y así Luciano sabía que Lobo esperaba que lo felicitara rascándole detrás de las orejas y, por supuesto, dándole un trozo de carne asada.

—A este perro le falta solo hablar —decían los otros gauchos.

—Y lo hace, pero solo conmigo —contestaba Luciano guiñando un ojo.

Poco a poco se olvidaron de su nombre y todos lo llamaban el Perro Gaucho. Lobo atendía a ese nombre por igual que al propio. Quizás con más orgullo.

Se sentaba y alzaba la pata derecha para que se la estrecharan.

Pasó el tiempo. Lobo cumplió diez años y su amo setenta. Al Perro Gaucho no se le notaba la edad, a Luciano sí.

Una mañana Luciano amaneció enfermo. Como capataz de tropa tenía que continuar el viaje al que se había comprometido. Se levantó temblando por la fiebre. Puso al fuego el agua para que hirviera y cebar el mate.

—No hay resfrío que se resista al mate así que... —le interrumpió un ataque de tos.

El Perro Gaucho ladró preocupado. Él sabía que su amigo estaba enfermo y que el ser humano no tiene la resistencia que un perro, entonces se levantó en las patas traseras y apoyó las delanteras en el pecho de Luciano para obligarlo a volver a acostarse en la cama.

—No. No. No. Nada de eso. Tenemos trabajo que hacer. La tropa nos espera y lo que tengo no es nada. Dejá de preocuparte, no te comportés como una vieja, que no lo sos —lo amonestó Luciano.

Lobo giró alrededor de Luciano. Se sentó, levantó la pata para señalar el mate. Ladró otra vez más fuerte. Quiso decirle que con su fino oído notaba que aquella tos no era la común y corriente que se cura con aquella bebida. Que era algo más grave.

Puesto que Luciano era un simple humano, no comprendió la advertencia del perro.

—Ah, querés saludarme —el hombre agarró la pata extendida—. Por un momento pensé que me obligabas a volver a la cama porque sabés que estoy enfermo.

Lobo ladró entusiasmado. "Eso es", quería decir. "Quedate aquí, yo iré por el doctor". Lobo se dio vueltas delante de la puerta.

—Ah, bandido. Te ponés viejo. Ya veo el pelo blanco en tu hocico. Los viejos son mañosos. Tenés que salir a mear, ¿no? Vamos. Salí, salí de una vez.

Un viento helado entró por la puerta abierta y Lobo se rehusó a salir a pesar de la insistencia de Luciano.

A media mañana partieron de Durazno y comenzaron el viaje, que sería el último para Luciano. En medio camino se detuvieron para decidir quién lo llevaría de vuelta al hospital.

—No. Al hospital no —se rehusó Luciano—. Allí te matan vivo. Al hospital no —repitió hasta que un ataque de tos lo calló.

En el hospital de Durazno diagnosticaron pulmonía y lo internaron ya en estado grave. Mientras tanto, Lobo, desde fuera, olfateaba tratando de encontrar si podía encontrar una pista que le indicara en qué parte de aquel edificio estaba su amigo. Al no hallar el conocido olor, desistió y se acostó junto a la puerta principal.

Muchas veces lo echaron de allí, pero Lobo regresaba a su puesto de vigía. Como había visto que a su amigo lo llevaron a través de aquella puerta, intuyó que saldría por la misma.

Pasaron tres días. Lobo continuaba allí sin comer ni beber nada. Una mañana temprano, justamente cuando una enfermera lo echaba de allí, llegaron dos gauchos de su tropa que regresaban de entregar el ganado.

—Espere. Espere, por favor, señorita —pidió uno de ellos—. Es que usted no sabe que aquí el amigo puede parecer perro, pero es un gaucho —explicó.

Ella, molesta con lo que pensó que era una broma, dio media vuelta y volvió a entrar al hospital sin dirigirles la palabra.

—¿Esperás a Luciano, Perro Gaucho? —preguntó el hombre a Lobo.

Lobo ladró afirmativamente.

—¡Qué flaco se lo ve! —se conmovió el otro.

—¡Tengo una idea! Te traeremos noticias y después te llevaremos a comer —sugirió el primero.

Los dos hombres entraron y salieron casi por las mismas. Luciano estaba tan grave que no podía recibir visitas.

Trataron de llevarse a Lobo para darle de comer pero él no los siguió. Más tarde regresaron con algunas sobras de comida que Lobo ni las olió. "Gracias, pero no tengo hambre", parecía decir.

—¡Comé, comé! A Luciano le gustaría que comás —le dijo el gaucho.

Lobo levantó las orejas al escuchar el nombre de su amigo. Los miró y empezó a comer.

Los gauchos se despidieron prometiendo verlo al día siguiente. Sin embargo, no sucedió así. Regresaron esa tarde para sacar a Luciano en una caja de madera que colocaron en un coche tirado por caballos.

Lobo fue detrás del coche con la cola gacha. Una vez en el cementerio, se ocultó detrás de una lápida y esperó hasta que terminaron de enterrarlo.

Solamente cuando todos se marcharon, el perro se acercó donde estaba la tierra recién cavada y se acostó con el hocico apoyado encima de las patas.

Dicen que Lobo se quedó ahí con su dueño. Que cuando él también se durmió para siempre y su almita se fue al cielo de los perros, los ángeles salieron a recibirlo.

Mientras tanto en la Tierra, los humanos hicieron un monumento al Perro Gaucho y allí se encuentra todavía a la entrada del cementerio de Durazno.

Y... ¡Sanseacabó!

El mito del churrinche
(URUGUAY)

Cuentan los abuelos que hay un pájaro de plumaje rojo, conocido como churrinche en Uruguay, y también llamado fueguero o cardenal en otras partes de América. Cuentan que su aparición se remonta a la época en que los charrúas se defendían de los conquistadores españoles. Originalmente, este territorio fue poblado por guaraníes, chanaes, yaros y otras etnias, no obstante eran los caciques charrúas quienes ponían tenaz oposición contra el invasor extranjero.

La noche del 10 de abril de 1831, en un paraje cercano a Puntas de Queguay, los últimos caciques charrúas dialogaban sentados alrededor de una fogata mientras pasaban una jícara de donde bebían una infusión hecha con la hierba mate.

—Yo no confío en los blancos. Esto me huele a traición —advirtió el cacique Juan Pedro, que siempre sintió gran desconfianza de los invasores.

—Dicen que nos necesitan para cuidar las fronteras del Estado —explicó el cacique Venado.

—Ja, me río de eso de que "nos necesitan" —se burló el cacique Polidoro—. Nos "utilizan", esa es la palabra. Quieren utilizarnos.

—Así es. Siempre se han aprovechado de nosotros y han utilizado a nuestros hermanos guaraníes en contra nuestra —añadió el cacique Rondeau.

El quinto cacique de nombre Brown estuvo de acuerdo.

—Lo sabemos. Lo sabemos muy bien. Pero quieren reunirse con nosotros mañana a la orilla del arroyo. Durante la reunión podremos hacer preguntas y averiguar exactamente lo que proponen —argumentó el cacique Venado, deseoso de entablar amistad con los bárbaros que ya dominaban su territorio desde varios siglos atrás.

Él tenía la esperanza de que podrían vivir en paz y dar fin a la denominada Guerra Charrúa, donde participaron españoles y portugueses contra ellos.

Los cinco caciques se quedaron silenciosos. Lo único que se escuchaba era el crepitar de los leños en la fogata y el relinchar de sus caballos, a los que amaban quizás más que a su vida.

Los primeros españoles que trajeron caballos a este continente, los dejaron abandonados cuando se movieron a diferentes misiones. Los animales se multiplicaron en libertad y fueron los indígenas de distintas etnias quienes los domesticaron. Para los charrúas, el caballo era símbolo de libertad al galopar con el mismo viento.

—Su jefe, el presidente Fructuoso Rivera, nos convocó —interrumpió el silencio el cacique Venado—. Ha prometido dialogar, me pregunto si esta vez…

—¿Que cumpla su palabra? ¿Que un blanco cumpla su palabra? ¿Era eso lo que ibas a decir? —la voz del cacique Juan Pedro destiló ironía.

—Sí. Eso era lo que iba a decir. Tienes razón de burlarte, Juan Pedro, sin duda es mi ansia por lograr la paz que me hace soñar. La paz para nuestros hijos y nietos, que puedan vivir en estas tierras que son nuestras y donde hemos habitado durante tanto tiempo.

En medio de la conversación, uno de los guerreros que aguardaban se presentó junto a ellos. Era un subalterno del cacique Polidoro.

—Los hombres dicen que escuchan los gemidos de nuestros ancestros en la brisa que viene del arroyo —informó llevándose el puño al pecho.

—Y ¿qué dicen las voces? —quiso saber el cacique Polidoro.

—Que las aguas se teñirán con nuestra sangre —respondió el guerrero.

—¿Esto les causa temor? —intervino el cacique Juan Pedro.

—No, señor. Son hombres que prefieren vivir bajo la sombra de la muerte antes que perder la libertad a la luz del sol —replicó el guerrero.

El cacique Polidoro levantó la barbilla con orgullo.

—Así piensan mis hombres —dijo mirando a los otros caciques.

—Así pensamos todos —puntualizó el cacique Venado.

A la mañana siguiente, los caciques y sus guerreros, que sumaban unos trescientos cuarenta hombres, se dirigieron al arroyo que ahora se llama Salsipuedes, entre las poblaciones de Tacuarembó y Río Negro.

Cruzaron el arroyo y en la otra orilla fueron recibidos por el ejército al mando del coronel Bernabé Rivera. Los agasajaron con comida y bebida.

En medio del festejo, el coronel Rivera se acercó donde el cacique Juan Pedro.

—Préstame tu cuchillo para picar tabaco —pidió. Después, alzándolo para que todos lo vieran, dijo—: Esta arma debe tener una sangrienta historia.

Esa era la señal para que el ejército atacara.

—¡Traición! ¡Traición! —gritó el cacique Juan Pedro y al punto fue silenciado por el fuego del arma de Bernabé Rivera.

Mientras tanto, Rivera hundió un cuchillo en el pecho del cacique Venado. Al verse perdido el cacique, se abrió aún más la herida. Entonces, se arrancó el corazón y, al lanzarlo, se transformó en un *churrinche*, un pajarito rojo que dicen que no canta ni hace ruido alguno, por no llorar.

Y... ¡Sanseacabó!

255

La leyenda del tigre mocho
(Venezuela)

Pues dizque había una pareja de recién casados que fueron a vivir a la población de Tigrito, de donde él era oriundo. Desde que llegaron, la mujer se sorprendió de que en aquel rancho, que el marido decía haber heredado de sus difuntos padres, no existiese ni un solo pedacito que estuviera cultivado. Ni siquiera había una pequeña huerta ni un solo árbol frutal, y eso que la región era conocida por tener una tierra fértil y vegetación exuberante.

—A ver, Luis Miguel, mi amor, qué le parece si dejamos este lado para hacer la huerta, y este otro para sembrar naranjos, limones y otros frutales, y este de más acá para... —dijo la joven recién casada con entusiasmo, imaginándose las hermosas cosechas que tendrían.

—No se preocupe, Rosa Elena, mi vida —dijo el hombre tomándola de las manos—. No es necesario que trabajemos en la tierra ni que estas manitas se estropeen. Yo traeré la comida.

Lo que sucedía era que a Luis Miguel le encantaba ir de cacería y, como era buen cazador y muy afortunado, regresaba con tanta carne que nunca pasaban hambre. Además, ya que salía por la noche una vez que Rosa Elena se dormía, pasaban todo el día juntos, nadando en el río, visitando los pueblos vecinos, en fin... entretenidos sin preocupación alguna.

Sin embargo, meses de comer solo carne hartaron a Rosa Elena, quien empezó a soñar con una mazorca de maíz o un pedazo de yuca frita.

—Luis Miguel, mi amor —le dijo un día Rosa Elena con una vocecita de niña buena—, tengo tanto deseo de comer una mazorca de maíz o un pedazo de yuca frita.

—Pues iremos al pueblo y compraremos lo que usted desea, Rosa Elena, mi vida —aceptó Luis Miguel levantándose de la hamaca donde últimamente pasaba más a menudo poniendo pretextos para no ir al río a nadar.

Ya en el mercado del pueblo, compraron todas las legumbres y frutas que se le antojaron a Rosa Elena, pero, al momento de pagar, Luis Miguel dijo que no tenía ni un centavo.

Con mucha pena, tuvieron que devolverlo todo y regresar al rancho con las manos vacías.

—La próxima vez le recordaré llevar dinero para las compras, Luis Miguel, mi amor —propuso Rosa Elena, que era una muchacha comprensiva.

—Lo que ocurre, Rosa Elena, mi vida, es que yo no tengo dinero —confesó Luis Miguel sin rubor alguno.

—¡Y yo tampoco! Pues, ¿de qué viviremos? —se angustió ella.

—Lo más importante es la comida, Rosa Elena, mi vida. Y por eso usted no se preocupe que yo se la traeré todos los días —aseguró él.

¡Ay! La pobre Rosa Elena estaba de verdad harta de comer solo carne y, a pesar de querer mantener su buen genio, el carácter se le fue agriando como el limón que tanto ansiaba chuparse. La situación se agravó cuando Luis Miguel perdió interés en salir de la casa y se pasaba hamacándose y medio adormilado todo el día.

—Escucha, Luis Miguel —le dijo un día acercándose a la hamaca donde él estaba—. La razón por la cual no tenemos dinero es porque no trabajas, mi amor. Yo estoy dispuesta a hacerlo. Tenemos este hermoso rancho y somos jóvenes, deberíamos cultivarlo.

—Escúchame tú, Rosa Elena —exigió él mirándola con sus ojos amarillentos—, si tú quieres cultivar la tierra, pues hazlo, mi vida. A mí no me da la gana.

Por supuesto que aquella respuesta enojó muchísimo a Rosa Elena y el velo que el amor mantenía sobre sus ojos cayó. Entonces, notó que su marido salía a cazar sin ningún arma y, a pesar de eso, siempre venía con muchas piezas, tantas que no podían consumirlas los dos solos. No obstante, Luis Miguel se negaba a compartirlas con los vecinos de las otras fincas.

Una madruga lo esperó despierta.

—Oye, Luis Miguel —le llamó la atención sin siquiera saludar—, ¿con qué cazas estos animales si no llevas la escopeta? ¿Y tampoco linterna?

—Pues si tanto quieres saber, los carrereo hasta agotarlos del cansancio y después los atrapo. Y mi vista es muy buena aun en la oscuridad —explicó él, disgustado.

Aquellas respuestas no fueron del todo satisfactorias para Rosa Elena. Así que decidió que esa noche haría algo al respecto.

Rosa Elena fingió que dormía. Una vez que sintió que el marido abría la puerta delantera, ella saltó de la cama. Estaba totalmente vestida. Agarró la linterna apagada y sigilosamente siguió a Luis Miguel. En eso, escuchó gruñidos de tigre. Aterrada se escondió detrás de un árbol grande. Pasó una hora antes de que se atreviera a dejar su escondite. Fue directo donde escuchó los rugidos y encendió la linterna con mano temblorosa.

¡Allí estaba amontonada la ropa de su marido!

—¡Maldito tigre, lo pelaste como a un banano! —exclamó llorando.

Rosa Elena recogió todo, incluso una botella llena con un extraño líquido y corrió de regreso al rancho.

Dos días más tarde, se marchó de vuelta a la ciudad y nunca más se supo de ella. Desde aquella noche apareció un extraño tigre en la región, por la Quebrada de la Leña, saliendo hacia Río Acarigua, pasando por el Danto, Choro, La Flecha y Yacurito. Dicen los que lo han visto que carece de cola y por eso lo llaman el tigre mocho. Además, las huellas que dejan sus patas delanteras tienen cinco dedos, parecidas a las de un humano. Algunos cazadores aseguran haberse encontrado con este tigre y que, cuando lo tenían acorralado, se arrodilló uniendo las patas, y ¡en una de ellas pudieron ver un aro matrimonial que brillaba a la luz de las linternas!

Y... ¡Sanseacabó!

El mito de María Lionza
(VENEZUELA)

Cuentan los abuelos que en las montañas de la cor-
dillera de la Costa, entre el cerro el Picacho y la montaña llamada La Chapa, vivía el poderoso cacique
Nirgua, de los nívar. Curiosamente a este hombre
valiente, que se enfrentaba a jaguares armado solo
de un cuchillo de piedra, lo único que lo hacía temblar de la cabeza a los pies era el momento de com-
probar que sus hijas recién nacidas tuvieran el color
de los ojos igual al de la tierra.

Este extraño temor se debía a una profecía revela-
da en secreto por el chamán el día de su matrimonio.

—Tú unión será muy fecunda; tendrás muchos
hijos. Pero, cuando nazca una niña con los ojos
verdes como el agua, deberás ofrecerla al Dueño
del Agua, la gran anaconda, puesto que le pertenece a ella. Si no lo haces, algo terrible sucederá con
todos nosotros —advirtió el chamán al observar el
futuro en las entrañas de un *tinamú*, una pava de
monte.

A medida que nacían sus seis primeras hijas, el pobre cacique se preparaba para lo peor, ya que era un hombre que amaba a las criaturas y la idea de ahogar a una le hacía sufrir con intensidad. Afortunadamente y para su tranquilidad, todas las niñas poseían ojitos oscuros, como era lo natural.

Después nacieron siete varones y, con el paso del tiempo, el cacique llegó a pensar que ya no tendrían más descendencia y la profecía no se cumpliría.

No obstante, un día su esposa lo recibió llena de dicha.

—¿Adivina qué? —preguntó ella.

—¿Vamos a ser abuelos otra vez? —trató de adivinar el cacique Nirgua sintiéndose emocionado.

Sus hijos ya tenían familia y a él le encantaba jugar con sus nietos.

—No. Se trata de algo así, pero no exactamente —no quiso revelar la mujer.

El cacique se sintió nervioso.

—Dímelo de una vez —insistió.

Ella, que desconocía la profecía, le contó que estaba embarazada.

Él se sentó en la hamaca y se agarró de los cabellos.

—¿Qué te sucede? —se asustó la mujer.

El cacique Nirgua no tuvo más remedio que contárselo.

—No te preocupes. No dejaremos que nadie, y peor el chamán, se entere de que estoy embarazada —propuso la mujer.

Y los dos esperaron con angustia que las lunas se sucedieran unas a otras hasta que se cumpliera el tiempo para que naciera la criatura.

Un día, cuando el cacique regresó de la cacería, su mujer lo esperaba con un pequeño bulto entre los brazos. En su mirada había alegría y temor.

—Mírala. ¡Es tan hermosa! —dijo la mujer temblándole la voz.

El cacique vio a una criatura de ojos profundamente verdes que brillaban en la semipenumbra de la cabaña.

Él retrocedió con las dos manos en el pecho. El amor que empezaba a sentir por aquella hija era tan profundo que le dolía el corazón al solo pensar en sacrificarla.

—La llamaremos Yara y la ocultaremos de los demás —propuso el cacique.

—Y también evitaremos que el Dueño del Agua se entere de que ella existe —añadió la madre.

Fue así que el cacique convocó en secreto a veintidós de sus mejores guerreros y les ordenó llevar a la

criatura y a la madre a esconderlas en una cueva de la montaña, donde cuidarían de ellas.

Pasaron los años y, cuando Yara ya era una bellísima jovencita, la madre deseó ir a ver a sus otros hijos. Así que decidió ir de vuelta al poblado por unos días, dejando a los guerreros encargados de la muchacha y advirtiéndoles que no podían permitir que saliera y peor que se acercara al lago.

Esa misma noche, Yara tuvo un sueño. Soñó que en el lago un hermoso joven la llamaba. A la muchacha, quien solo conocía a los poco atractivos guardias, aquel ser tan bello le fascinó tanto que, al despertar, sintió deseos de ir en su búsqueda.

Justo en el momento en que lo deseó, una espesa niebla surgió de las aguas del lago, llegó hacia la cueva y un sueño mágico se apoderó de los veintidós guerreros encargados de protegerla. Por supuesto que ella aprovechó para salir de la cueva y caminar derechito a las orillas del lago. Se inclinó y pudo ver su reflejo por primera vez. Tan fascinada quedó de aquella visión que no pudo dejar de admirarse. ¡Sus ojos tenían el mismo color del agua! De repente, sintió que era observada. Alzó la mirada y se encontró con una enorme anaconda no lejos del sitio donde se hallaba.

Yara retrocedió asustada.

—No te asustes, hermosa Yara —pidió la anaconda—. No te haré daño.

—¿Cómo sabes mi nombre? —se asombró ella.

—Sé todo acerca de ti y te he esperado todo este tiempo —reveló el reptil con una voz melodiosa que no encajaba con su aspecto aterrador.

—¿Tienes nombre? —se interesó ella, que por alguna extraña razón no sintió temor.

—Soy el Dueño de Agua —dijo la anaconda, y luego nadó hacia la orilla deslizándose con movimientos serpentinos.

Una vez a su lado, se transformó en el hermoso joven de su sueño.

—Te amo, Yara. Ven, ven conmigo. Tu destino es cuidar... —el joven se interrumpió al escuchar el ruido de cuarenta y seis pies. Eran los veintidós guerreros que, al despertarse, habían ido a buscar al cacique y regresaban todos juntos en busca de la muchacha.

El cacique, furioso, fue hacia el lago.

—¡Devuélveme a mi hija, monstruo maldito! —ordenó olvidándose que se dirigía al Dios de las Aguas—. ¡Te mataré! —amenazó el cacique a punto de arrojar su lanza.

—¡Espera, padre! Yo lo amo. No puedes ir contra el destino —alcanzó a gritar la muchacha.

El cacique no estaba para hablar del destino ni nada por el estilo. Su hija había escogido al novio equivocado y eso era todo. Entonces dio órdenes a sus guerreros de atacar a la anaconda.

El Dueño del Agua se envolvió en el cuerpo de Yara y comenzó a inflarse y a crecer hasta estallar inundando todo y arrasando la aldea.

Desde ese momento, Yara se convirtió en la diosa dueña de las lagunas, ríos y cascadas. Además, protectora de la naturaleza, de los animales silvestres y del amor. Cuando aparece, lo hace sentada en un jaguar que simboliza la naturaleza.

Cuando los españoles llegaron a Venezuela, no aceptaron la existencia de una diosa llamada Yara, así que la encubrieron bajo el nombre de Nuestra Señora María de la Onza, o felino del Prado de Talavera de Nívar. Con el correr del tiempo, se acortó a María de la Onza y ahora se la conoce como María Lionza, símbolo de la identidad venezolana.

Y... ¡Sanseacabó!

Edna Iturralde

Autora

Nació en Quito en 1948. Su vida es escribir. El día
que no lo hace siente que el tiempo le ha jugado una
mala pasada. Escribe desde que estaba en quinto
grado, comenzó con cuentos bajo pedido para sus
compañeros. Ha publicado más de cuarenta libros de
diferentes temas, pero se inclina hacia lo histórico y
lo multicultural. Su literatura juega con la aventura,
el misterio y la magia.

En Loqueleo Colombia ha publicado los siguientes
libros juveniles:

- *Los pájaros no tienen fronteras*
- *Lágrimas de ángeles* (2010)
- *Verde fue mi selva*

Índice

Otros títulos de la serie

Luis Darío Bernal
Fortunato

Todo bien, todo bien

Marcelo Birmajer
Hechizos de amor

Kristen Boie
Todo cambió con Jakob

Roald Dahl
Boy, relatos de la infancia

Charlie y el gran ascensor de cristal

Charlie y la fábrica de chocolate

Danny, el campeón del mundo

El Gran Gigante Bonachón

James y el melocotón gigante

Matilda

Gonzalo España
Los pies en la tierra, los ojos en el cielo

Andrea Ferrari
El camino de Sherlock

No es fácil ser Watson

No me digas Bond

Griselda Gambaro
Los dos Giménez

María Fernanda Heredia
Hay palabras que los peces no entienden

Alejandra Jaramillo
Martina y la carta del monje Yukio

Judith Kerr
Cuando Hitler robó el conejo rosa

Francisco Montaña
Bajo el cerezo

Los tucanes no hablan

Christine Nöstlinger
Mi amigo Luki-live

Katherine Patterson
La gran Gilly Hopkins

Luis María Pescetti
Frin

Lejos de Frin

Alma y Frin

Carlos José Reyes
Pedro Pascasio, el pequeño prócer

Gianni Rodari
Cuentos escritos a máquina

Aquí acaba este libro
escrito, ilustrado, diseñado, editado, impreso
por personas que aman los libros.
Aquí acaba este libro que tú has leído,
el libro que ya eres.